KB078554

초인의 게임 1ᴹ

니콜로 장편소설

초판 1쇄 찍은 날 § 2019년 6월 21일
초판 1쇄 펴낸 날 § 2019년 6월 28일

지은이 § 니콜로
펴낸이 § 서경석

총괄팀장 § 노종아
편집책임 § 김경민

펴낸곳 § 도서출판 청어람
등록번호 § 제387-1999-000006호
등록일자 § 1999. 5. 31
어람번호 § 제1-3031호

주소 § 경기도 부천시 부일로 483번길 40 서경B/D 3F (우) 14640
전화 § 032-656-4452 팩스 § 032-656-4453
http://www.chungeoram.com
E-mail § chungeorambook@daum.net

ISBN 979-11-04-92021-9 04810
ISBN 979-11-04-91846-9 (세트)

청람
도서출판

니콜로 장편소설

10

초안의 게임

FUSION FANTASTIC STORY

초안의 게임

◈ Contents ◈

제1장

16강전II

"잘 지냈어? 16강 진출 축하해."

수줍은 소년 같은 동안 외모를 가진 초인이 한국 대표 팀 선수 대기실에 찾아와서 인사를 건넸다.

순진해 보이는 외모와 달리 속은 썩어빠진 도박 중독자인 칸 아르얀이었다.

"오냐, 너희도 16강 축하한다. 16강 정도면 충분히 좋은 성적이지."

서문엽은 벌써부터 인도의 16강전 패배까지 확정 짓고 있었다.

칸 아르얀은 웃으며 대꾸했다.

"우리도 질 생각 없어."

"흐음, 인도에 돌아가서 지내는 동안 별일은 없었겠지?"

"물론이지. 국가 대표 팀 훈련 때문에 정신없었어. 쉴 때도 아내와 함께 있었고."

칸 아르얀은 절대 도박 같은 걸 할 틈이 없었다는 것을 강조했다.

서문엽의 눈이 가늘어졌다.

"이 새끼 나 안 본다고 몰래 도박한 거 아냐?"

"아, 아냐!"

"솔직히 불어. 눈깔 하나로 봐줄게."

"무서운 소리 마! 정말 도박 안 했어! 아내에게 발각되면 그때야말로 끝장인데 내가 왜 그러겠어!"

그런 일이 발생했다가는 거짓 간파 초능력이 있는 아내와 완전히 결별당하고, 추가로 서문엽에게 죽기 직전까지 맞는다. 둘 다 한다면 하는 인간들이라 칸 아르얀의 경각심은 매우 높았다.

"수상하네. 손목 근질거려서 못 참을 텐데."

"제발 좀 믿어. 난 오랜만에 가족들과 함께 지내서 마음의 평화를 되찾았단 말이야."

"마음의 평화? 네 입에서 그런 소리가 나오니까 더 수상하네."

"그만 좀 해! 아무리 추궁해도 사실이 달라지지 않아."

"잡아떼는 연기가 늘었네? 이 시키, 나중에 고문이라도 해서 제대로 추궁해야겠다."

"제발 그만! 네 말은 어디까지가 농담이고 진담인지를 모르겠어."

하소연하는 칸 아르얀에게 서문엽은 껄껄 웃었다.

"당연히 농담이지, 자식!"

그런데 그때였다.

"진실이야."

여자의 목소리가 들렸다.

그쪽을 바라보니 바로 칸의 아내였다.

"오, 제수씨도 오셨네요?"

"네, 감사 인사를 드리려고요. 이이가 덕분에 멀쩡히 잘 생활하고 있습니다. 수상한 기색도 못 느꼈고요."

"제수씨가 그렇다면 그런 거겠죠."

서문엽은 그제야 완전히 수긍했다.

칸의 아내는 '견고한 정신'과 '거짓 간파' 두 초능력을 가진 멘탈의 여왕이었다.

칸 아르얀 같은 놈을 남편으로 두고 있으면 정신이 쇠약해지게 마련인데, 그녀는 조금도 동요하는 법이 없었고, 칸 아르얀은 아무리 용을 써도 그녀를 속일 수 없었다.

"아니, 잠깐만. 고문을 하겠다는 말이 농담이 아니었다고? 진심이었어?!"

칸 아르얀이 서문엽에게 따졌다.

서문엽은 덤덤히 대꾸했다.

"아니 뭐, 혹독한 훈련도 고문의 일종으로 느낄 수는 있으니까."

"제발 나 좀 믿어! 난 이제 절대 도박을 하지 않을 거야!"

서문엽은 홱 칸의 아내를 바라보았다.

칸의 아내는 고개를 끄덕였다.

"진심이에요."

"오, 이 자식 철들었네?"

"그런데 옛날에 제게 도박을 끊겠다고 맹세한 게 7차례인데 그때도 늘 진심이었죠."

"……"

서문엽은 이제 칸 아르얀이 측은해졌다.

본인도 진심으로 끊으려고 했는데도 못 끊었다니, 괜히 도박 중독이 병이 아니었다.

"아무튼 그때와 달리 지금은 하고 있는 직업이 있으니 옛날처럼 되지는 않겠죠. 감사하게 생각하고 있어요."

"하하, 별말씀을. 이 자식 은퇴한 뒤에 도박에 손대면 말씀하십쇼. 선수 생활 은퇴했으면 손목 하나 정도는 필요 없잖습니까? 하하하!"

"제발 농담이라도 그런 과격한 말은……."

"진심이야."

"허억!"

아내의 말에 칸 아르얀은 공포에 질렸다.

멘탈이 나가 버린 칸 아르얀을 밖으로 질질 끌어내며, 아내가 말했다.

"아무튼 좋은 경기 기대할게요."

그러자 칸 아르얀도 정신을 차리고는 서문엽에게 한마디 했다.

"각오하는 게 좋을 거야. 네가 아무리 불사신이라도 배틀필드 안에서는 아니니까."

"흐흐, 기대되네."

인사가 끝나고 양 팀은 본격적으로 경기 준비에 들어갔다.

                    *   *   *

경기가 시작됨과 동시에 인도 대표 팀이 먼저 움직였다.

그들은 시작과 동시에 칸 아르얀에게 모든 무기를 맡겼다.

칸 아르얀은 열심히 '맹독'을 펼쳤다. 화살, 수리검 등 수량이 많은 소모품 때문에 칸 아르얀은 경기가 시작되자마자 오러를 상당량 소진해야 했다.

하지만 그 효과는 즉각적으로 발휘되었다.

인도 대표 팀의 사냥이 갑자기 대폭 빨라진 것이다.

독의 활용에 익숙해진 인도 대표 팀은 사냥에도 적용시켰다.

한곳에 자리 잡고 싸우는 전통적인 사냥법이 아닌, 끊임없이 이동하면서 수많은 괴물들을 가벼운 공격으로 중독시키는 방식을 택한 것이다.

맹독에 중독된 괴물들은 서서히 힘이 빠졌고, 나중에 다시 돌아온 인도 선수들에 의해 사냥 포인트가 대량 수확되었다.

─인도의 사냥 반경이 굉장히 광범위합니다!

─중독만 시켜놓고 다른 곳으로 이동하면서 괴물들이 약해지면 돌아와 처치하는 매우 스마트한 사냥을 하고 있습니다.

─독을 정말 철저하게 사용하기로 작정했네요. 인도 대표 팀의 이번 월드컵 승부수는 독이 분명해 보입니다.

─예, 출전 멤버 구성부터가 맹독 활용에 적합한 선수 위주로 되어 있으니까요. 칸 아르얀 선수의 '맹독'을 활용해 활잡이들의 공격력을 강화시킨 방법은 YSM에서 고안한 것인데, 인도 대표 팀이 이것을 서문엽 선수를 상대로 써먹는군요.

─아이디어를 그저 빌린 것을 넘어서서 더 발전시켰습니다. 그래서 최초로 16강에 진출하는 쾌거를 거두지 않았습니까. 한국 대표 팀에는 YSM 소속 선수들이 많은데 과연 어떻게 대응할지 궁금하네요.

─한국은 평소와 다름없습니다. 5─5─1로 서문엽 선수만 단독으로 사냥에 임하고 있습니다. 서문엽 선수는 사냥 포인

트 획득에 집중하고, 나머지 선수들은 5명씩 조를 이루어서 상대 팀의 견제 플레이에 대비하는 구성입니다.

—사냥 효율만 따지면 4—3—3—1 정도로 나뉘어서 보다 넓은 지역을 쓰는 것이 더 좋았을 텐데 말이죠. 역시 인도 대표 팀의 습격을 경계하기 때문에 5명씩 안전하게 짝지은 것이겠죠?

—예, 재미있는 것은 서문엽 선수의 사냥입니다. 홀로 사냥을 할 때가 다른 선수의 도움을 받는 것보다 더 효율이 좋다는 사실입니다. 그래서 이번 월드컵 내내 서문엽 선수를 홀로 내버려 두고 있죠.

—서문엽 선수야 워낙에 괴물을 잘 사냥하잖습니까. 아무튼 양 팀 모두 정석과는 거리가 멉니다. 보기에는 인도가 더 사냥이 빠른 것 같은데 어떻습니까?

—일견 보기에는 인도의 사냥법이 더 빨라 보이기는 하지만, 실질적으로 얼마나 효과가 있는지는 잘 모르겠군요. 아무래도 인도 선수들이 움직이는 동선이 길지 않습니까? 이동하는 데 소요되는 시간도 고려해야 하기 때문에 저것이 정상적인 패턴보다 효율이 좋은 것인지 판단하기에는 이릅니다.

초반은 양 팀 모두 사냥에 집중해야 했기 때문에 특별한 장면은 나오지 않았다. 그래서인지 중계진은 긴 설명을 자주 하며 시간을 때웠다.

그런데 어느 정도 시간이 흐르자, 놀랍게도 한국 팀이 먼저 움직였다.

서문엽은 3단계인 붉은색.

다른 선수들은 저마다 2단계 보라색 광채로 둘러싸이게 된 타이밍이었다.

충분히 사냥 포인트로 강해졌다고 판단했는지, 한국 대표 팀은 일제히 인도 측 진영을 향해 움직였다.

—의외입니다. 인도보다 한국이 먼저 공격적으로 나서고 있습니다. 평소 같았으면 독공을 펼치는 인도 대표 팀이 먼저 견제를 펼쳤을 텐데요.

—공격이 최선의 방어라고 판단한 것일까요? 독화살을 쏘고 달아나는 게릴라에 시달리기 전에 아예 먼저 크게 싸움을 걸어보겠다는 생각일지도 모르겠네요.

—인도 대표 팀의 플레이가 까다로운 것이 독공을 펼친 뒤에 달아난다는 점인데, 먼저 퇴로를 차단하고서 싸움을 벌이려는 것 같습니다.

—예, 말씀대로 한국 팀은 선수들이 3갈래로 나뉘어서 움직이고 있습니다.

서문엽이 동쪽으로, 백하연과 이나연이 서쪽으로 우회하고 있었고, 나머지는 정면으로 진격했다.

퇴로를 차단하며 세 방향에서 공격하려는 의도였다.

이러한 움직임이 사전에 발각되면 오히려 각개격파 될 수 있기 때문에 한국 측의 움직임은 조심스러웠다.

―인도 측도 슬슬 눈치채야 할 텐데요? 싸움이 시작되기 직전까지 못 알아채면 한순간에 대패당합니다!

다행히 인도 대표 팀은 그 정도로 정찰이 형편없는 팀이 아니었다.

오히려 특유의 사냥 방식 때문에 넓은 지역을 돌아다니며 정찰을 겸하고 있었다.

한국 측의 이동은 인도 대표 팀도 알아차렸다.

"한국이 먼저 공격하러 오고 있어."

"한국 무리 중에 서문엽, 백하연, 이나연이 보이지 않았어. 양방향에서 칠 생각이야. 아니, 서문엽이라면 홀로 다녀도 무방하니 세 방향일 수도 있어."

"달아날 길을 막고 싸우겠다는 생각이겠지."

인도는 한국이 과감하게 치고 들어오자 깜짝 놀랐지만, 곧 판단을 내렸다.

"4구역에서 맞아 싸우자. 그곳이라면 지형이 복잡해서 싸우다가 후퇴하기도 용이해."

1세트 던전은 불모지.

말 그대로 흙과 바위밖에 없는 삭막한 지형이었다.

광물을 먹는 여러 종류의 괴물들이 흙과 바위 언덕 등을 파먹고서 지형을 더 복잡하게 만들어놓았다.

몸을 숨기거나 도망치기 용이해서 인도 대표 팀에게 유리한 던전이었다.

한국을 상대로 이기기 힘들 거라는 걸 잘 아는 인도 선수들은 유리한 던전에서 싸우는 1세트에서 반드시 승리를 얻고 싶었다.

"독을 뿌리고 달아나면 돼. 몇 놈은 중독시킬 수 있을 거야."

라훌라 조하르가 자신 있게 말했다.

수십 개의 수리검을 비처럼 뿌리는 수법을 즐겨 쓰는 그는 발도 빨랐기 때문에 치고 빠지는 식의 싸움에 자신 있었다.

라훌라 조하르의 '원격 조종'은 생각보다 훨씬 섬세한 초능력이었다.

수리검을 한꺼번에 뿌리고 그냥 적 머리 위에 쏟아지게 하면 그만일 것 같지만, 실은 그 와중에도 조하르가 수리검 한두 개를 따로 조종해서 적의 숨통을 노린다.

가벼운 물체밖에 조종하지 못하는 약점 때문에 좀처럼 킬을 낼 수 없었던 라훌라 조하르.

칸 아르얀의 맹독을 만나기 전까지, 라훌라 조하르는 자신의 단점을 상쇄하기 위해 수십 개의 수리검을 택했다.

그저 한꺼번에 뿌려서 양으로 승부하는 것 같지만, 진짜 공격은 그중 몇 개를 교묘하게 조종해 급소를 공략하는 것이었다.

그러한 노력 덕에 국가 대표 선수로 자주 선발될 정도로 실력자가 된 그는 이번 월드컵에서 꼭 두드러지는 활약을 하고 싶었다.

'이번 경기에서 주목받아서 꼭 다시 유럽에 진출하겠어.'

예전에 유럽에 진출했다가 킬 저조로 실패하고 돌아온 쓰린 경험을 만회하고 싶은 조하르였다.

칸 아르얀처럼 독을 다루는 초능력을 가진 선수는 유럽에도 분명 있을 것이고, 유럽의 어느 팀은 인도 대표 팀을 본받아서 독공 전술을 써볼 생각도 할 수 있을 것이다.

약팀이 쓰기 좋은 전술이라는 것을 인도 대표 팀이 이번 월드컵에서 톡톡히 보여주고 있으니 말이다.

            *   *   *

─적과 가까워진다. 일단 원거리 딜러들의 공격에 주의해.

─예!

서문엽이 재차 말했다.

─명심해. 핵심은 전투가 아니라 추격이다. 녀석들은 치고 빠지려 들 게 뻔해. 놈들이 빠질 때, 적 원거리 딜러들이 달아나는 방면을 체크하고 추격한다.

한국 팀의 이번 작전은 간단했다.

인도 대표 팀이 한국보다 평균적으로 발이 훨씬 빨랐다.

하지만 그것은 평균의 이야기.

한국은 발이 느린 선수들이 많아서 그렇지 서문엽, 이나연, 백하연처럼 월드 클래스의 속도를 갖춘 선수도 있었다.

이 셋이 치고 빠지는 인도의 핵심 원거리 딜러들을 쫓아가 처치하려는 것이었다.

*   *   *

양측이 서로 눈에 보이는 거리로 접어들었다.

지형이 복잡한 4구역으로 한국을 유인한 인도 대표 팀은 싸울 태세를 갖췄다.

라홀라 조하르는 언제든 수리검을 단숨에 비처럼 뿌릴 준비가 되어 있었다.

측면에서 백하연과 이나연이, 그 반대편에서는 서문엽이 연달아 나타났다.

이미 예상하고 있었던 인도 대표 팀은 당황하지 않았다.

"펼칠 거야. 포위 안 당하게 거리 유지해."

인도 대표 팀은 이런 상황에 익숙했다.

조하르의 소나기 같은 수리검을 포함한 각종 독공 때문에 다들 쉽게 접근 못 한다.

다들 공격 범위 안에서 뭉쳐 있지 않기 위해 흩어져 넓게

둘러싸는 포진을 주로 했다.

아나나 다를까.

가까워지자 한국 선수들이 달려오는 속도를 줄이기 시작했다. 접근하기 머뭇거리는 눈치였다.

그것은 측면에서 접근하던 백하연과 이나연도 마찬가지였다.

그런데 그때였다.

"엇?!"

"서문엽을 조심해!"

인도 선수들이 소리쳤다.

서문엽은 가까워지자 오히려 더 속력을 내서 질풍처럼 달려오는 것이었다.

독이고 뭐고 전혀 무서워하지 않고 혼자 냅다 돌진해 오는 저돌성에 인도 선수들은 당황했다.

'어, 어쩌지? 그냥 뿌려야 하나?'

품속에 두 손을 넣고 수리검을 잔뜩 쥔 조하르는 당혹감을 느꼈다.

고작 한 명에게 공격을 펼치기도 아까웠고, 그런데 그렇다고 서문엽을 그냥 접근하게 놔둘 수도 없었다.

"그냥 뿌려!"

인도 대표 팀의 메인 오더를 맡은 탱커가 소리쳤다.

그제야 조하르도 결심을 굳혔다.

'그래, 잘됐다. 어디 죽어봐라. 아무리 너라도 이건 못 피해.'

조하르는 서문엽이 자신의 수리검을 너무 우습게 아는 것 같아서 약간 화가 났다.

'아무리 날렵해도 내 수리검에 작은 상처 하나 입지 않고 완벽하게 피할 수 있을 것 같으냐?'

본때를 보여주기로 결심했다.

조하르는 수리검을 꺼내 던졌다.

촤촤촤촤촥!

꺼내 던지고, 꺼내 던지고. 삽시간에 수십 개의 수리검이 공중에 떠올랐다.

수리검들을 공중에서 멈추게 한 뒤, 일제히 서문엽을 향해 쏟아 내렸다.

파파파파파파파팟!

수리검의 비.

그 속을 서문엽이 질주했다.

방패를 위로 한 채, 창을 휘둘러 쳐내며 돌진.

대부분의 수리검이 방패나 창에 맞고 튕겨 나갔지만, 조하르의 '원격 조종'은 그리 단순한 초능력이 아니었다.

그중 몇 개를 정밀 조종 하여서 창을 피해 돌아가 서문엽의 몸에 상처를 입히기 시작한 것이다.

"맞았다!"

"중독시켰어!"

아무리 서문엽이 빠르다 해도 그 많은 수리검들을 생채기

하나 없이 막아낼 수는 없었다.

그런데, 서문엽은 전혀 아랑곳하지 않았다.

'맹독'에 당했음에도 속도는 줄지 않았다.

'설마 피할 생각이 없었나!'

그제야 조하르는 서문엽이 독공에 맞는 것을 상관하지 않고 덤빌 생각이었음을 깨달았다.

"이런, 막아!"

탱커들이 서문엽을 가로막았다.

그때, 머뭇거리고 있던 다른 한국 선수들도 일제히 달려들었다.

서문엽에게 조하르의 수리검이 집중되고 나면 그때 다 같이 덤비기로 합의가 되어 있었다.

인도 대표 팀은 당황했다.

한국의 에이스인 서문엽이 독에 맞는 것을 감안하고 앞장서서 돌격할 줄은 생각 못 한 탓에 허를 찔렸다. 한국 팀의 승패를 짊어지고 있는 서문엽이 희생할 줄은 몰랐던 것.

인도 탱커 2명과 맞닥뜨리자 서문엽은 방향을 꺾어 오른쪽으로 달렸다.

이를 쫓아 탱커 2명도 황급히 움직였다.

순간, 서문엽은 180도 턴하며 왼쪽으로 급격히 방향을 돌렸다.

110의 민첩성과 100의 속도를 활용한 방향 전환!

오른쪽에 무게 중심이 치우쳐 있던 탱커들은 왼쪽으로 쫓아오지 못하고 허우적거렸다.

압도적인 스피드로 탱커를 흔드는 수법으로, 최강의 스피드를 손에 넣고서 서문엽이 적 탱커를 요리할 때 즐겨 쓰는 방식이었다.

무게 중심이 무너진 탱커들.

서문엽은 그대로 왼쪽으로 전속 질주, 탱커 2명을 우격다짐으로 따돌려 버렸다.

안으로 짓쳐들어가 탱커 뒤에 숨어 있던 근접 딜러들을 공격했다.

챙! 챙!

연속 찌르기가 펼쳐졌다.

근접 딜러는 인도 전통 무예인 칼라리 파야트를 익혔는지 작은 원형 방패와 채찍처럼 잘 휘는 연검으로 무장했는데, 첫 일격은 피하고 두 번째 일격은 방패로 막았다.

그러나 서문엽의 창은 너무 빨랐다.

콰직!

"크억!"

―서문엽, 1킬.

3연속 찌르기에 2번은 막았으나 마지막 일격에 찔려 숨지고 말았다.

스피드를 최대한 활용하는 서문엽의 전투 스타일은 이미 완성형이었다.

또 다른 근접 딜러가 덤벼들었다.

양손에 쥔 두 단검을 빙글빙글 돌리며 소리 없이 접근하는 암살자. 바로 칸 아르얀이었다.

'무음'을 펼쳐 소리를 없앤 칸 아르얀은 과감하게 서문엽을 제지하기 위해 달려들었다.

─대상: 칸 아르얀(인간)

─근력 79/88

─민첩성 90/96

─속도 80/87

─지구력 67/90

─정신력 85/85

─기술 84/85

─오러 85/85

─초능력: 무음, 맹독

88이었던 민첩성이 90까지 오르고, 64에 불과했던 지구력은 67까지 끌어 올린 칸 아르얀.

무엇보다 79였던 기술을 84까지 올린 것은 옛 경험을 살려

테크닉을 완전히 회복한 모습이었다.

그동안 놀지 않고 정말 열심히 갈고닦았다는 증거였다.

칸 아르얀은 소리 없이 달려들어 재빨리 서문엽과 거리를 좁혔다. 창을 쓰지 못하게 기습적으로 지척까지 붙은 노련한 판단이었다.

탱!

단검은 방패에 쉽게 막혔다.

하지만 이는 서문엽이 방패를 휘두르지 못하도록 방어를 강요한 공격이었다.

'제법인데!'

서문엽은 씨익 웃었다.

뒤에서도 따돌렸던 탱커 2명이 덤비고 있었다.

심장이 두근거렸다. 독 때문에 신체에 이상이 생기고 있다는 신호였다.

서문엽은 창을 짧게 쥐고 칸 아르얀에게 휘둘렀다.

핏!

칸 아르얀은 재빨리 뒤로 물러났다. 서문엽이 공격하려는 기색이 보이자마자 거리를 벌리는 신중한 모습이었다.

서문엽은 칸 아르얀을 맹렬하게 뒤쫓았다.

그런데 칸 아르얀을 보고 있으면서도, 들고 있던 창은 보지도 않고 뒤로 던졌다.

푹!

창은 땅에 꽂혔다.

그리고 뒤에서 달려들던 탱커가 창에 발이 걸려 쓰러졌다. 서문엽의 페인트에 걸려든 것이다.

서문엽은 재빨리 뒤돌며 방패로 쓰러진 탱커의 머리를 찍었다.

쿵!

―서문엽, 2킬.

칸 아르얀은 그런 서문엽을 괴물 보듯이 쳐다봤다.

'너, 너무 강하잖아!'

도저히 서문엽의 빠른 템포를 쫓아갈 수가 없었다.

새 창을 꺼내 든 서문엽은 칸 아르얀에게 다시 덤볐다.

그런데 도중에 90도로 방향을 꺾더니, 근처에 있던 다른 인도의 근접 딜러를 공격하는 것이었다.

슈슈슉―

콰직!

―서문엽, 3킬.

눈 뜨고 서문엽이 동료 2명을 죽이는 걸 가만히 지켜본 칸 아르얀은 어안이 벙벙해졌다.

'원래 이렇게 강했던가?'

자신은 버티고 있기에도 벅찬데, 서문엽은 계속 자신을 노리는 척하면서 동료 2명을 처치해 버렸다.

빠른 스피드에 쫓아가기도 벅차다 보니, 속임수에 간단히 넘어가 버리는 것이었다. 예전의 서문엽은 이렇게 스피드를 살린 스타일이 아니었기 때문에 오랜 7영웅 동료였음에도 이질적으로 느껴졌다.

칸 아르얀은 판단을 내려야 했다.

"후퇴!"

그랬다.

도망치는 수밖에 없었다.

독에 맞으면서까지 돌격한 서문엽이 홀로 아군 대형 한복판에 뛰어들어 3킬을 냈다.

포메이션이 완전히 깨진 인도 대표 팀은 후퇴밖에 답이 없었다.

"도망쳐!"

인도 선수들이 일제히 달아났다.

그때 서문엽은 눈을 빛냈다.

"지금이다! 추격해!"

한국의 진짜 노림수, 추격이 펼쳐졌다. 그들은 인도 대표 팀이 도망치기만을 기다렸다.

백하연이 기습적인 '순간 이동'으로 거리를 좁혀 활을 든 원거리 딜러의 발목을 채찍으로 낚아챘다.

"크윽!"

인도 원거리 딜러는 채찍에 발목이 잡혀 쓰러진 채로도 활
을 쏘았다.

쉭!

몸을 옆으로 젖혀 피한 백하연은 달려들어서 검으로 마무
리했다.

착!

—백하연, 1킬.

이나연도 앞 점프를 연속으로 펼쳐서 순식간에 인도 대표
팀을 추월해 버렸다.

그러고는 활을 마구 쏘며 점프를 해댔다. 이나연의 역할은
적의 도주를 방해하는 것이었다.

그리고…….

파앗!

피에트로가 공간 이동을 펼쳐서 인도 대표 팀의 퇴로에 나
타났다.

파파파파파팟!

마법진 13개가 하늘에 떠오르는 순간, 인도 선수들은 안색
이 새하얘졌다.

"이런 맙소사."

"우리가 당했어!"

한국 대표 팀의 너무나 빠른 연계 플레이. 인도 측이 도망치기만을 기다렸다가 단숨에 템포를 올려서 추격을 펼쳤다. 미리 준비한 플레이가 아니고서는 이렇게 신속할 수 없었다.

마법진에서 영령들이 마구 쏟아져 나왔다.

인도 대표 팀의 대패를 알리는 신호였다.

그리고 '질주'를 펼쳐 달아났던 라훌라 조하르도 끝내 도주에 성공하지 못하고 데스당했다.

왜냐하면 중독 증상이 심해져 숨이 턱까지 차오른 서문엽이 맹렬하게 추격해 창을 던진 것이다.

창에 맞지 않기 위해 지그재그로 움직였음에도, 창은 귀신같이 조하르의 등을 맞혔다. 마치 움직임을 뻔히 예측하고 있었던 것처럼.

—칸 아르얀, 1킬.

뒤늦게 칸 아르얀의 킬 안내가 떴다.

이미 칸 아르얀은 피에트로가 소환한 영령에게 데스된 지 오래.

다만 서문엽이 독에 의해 끝내 데스되고 말았던 것이다.

공격을 펼쳤던 것은 라훌라 조하르였지만, 무기에 의한 즉

사가 아닌 독에 의해 천천히 죽은 것이므로 칸 아르얀의 킬로
처리됐다.

—1세트는 한국의 승리로 돌아갔습니다.

—경기 끝나기 직전에 아슬아슬하게 서문엽 선수가 데스
처리됐군요. 조금만 더 버텼어도 데스되지 않고 경기를 끝마
칠 수 있었는데요.

—하하, 압도적으로 승리를 거두었으니 칸 아르얀 선수에
게 1킬, 라홀라 조하르 선수에게 1어시 정도는 선물로 줄 수
있는 법이죠. 그 덕에 인도는 10-0으로 퍼펙트게임은 모면
합니다.

—하지만 내용상으로는 대패죠.

—예, 치고 빠지는 작전이 전혀 통하지 않았습니다. 기동력
싸움에서 한국이 인도보다 오히려 우세했어요.

—그렇습니다. 한국 대표 팀은 발이 느린 선수가 많지만,
반대로 인도 선수들보다 훨씬 빠른 준족 선수들도 즐비했거
든요. 피에트로 선수의 공간 이동까지 있었고요. 거기다가 그
중 서문엽 선수는 빠르면서 일당백의 에이스이기 때문에 인
도 대표 팀은 다른 전술을 골랐어야 했습니다.

—2세트 던전은 '매립지'로 기동력을 살리기 좋지 않은 구
조입니다. 아, 이러면 인도 대표 팀의 상황이 더 안 좋아지는
데요. 1세트에서 어떻게든 승리를 했어야 했습니다.

2세트 던전 매립지.

지저 문명이 생명 조작으로 만든 괴물들 중 실패작을 버리는 장소였다.

무분별하게 버려진 비정상적인 모습의 괴물들이 서로 얽혀서 자신들만의 생태계를 만든 지옥과도 같은 던전.

거대한 구덩이 2개에 각기 한 팀씩 있다가 쏟아지는 괴물들과 싸우는 구조였기 때문에 인도 대표 팀이 자신들의 특기를 살리기 어려웠다.

결국 2세트에서 인도 대표 팀은 패배를 당했다.

서문엽까지 5탱커를 가동하여서 단단한 포메이션을 짠 한국 대표 팀은 구덩이에 쏟아지는 괴물들을 능히 상대했지만, 인도 대표 팀은 독과 기동성 위주의 조합이라 괴물 대군을 상대하는 것은 한국보다 못했다.

"한 방 먹여주고 싶었는데……."

칸 아르얀이 의기소침한 얼굴로 투덜거렸다.

"그래도 결과적으로 서문엽을 상대로 1킬이라도 하셨잖아요."

조하르가 투덜거렸다. 야심차게 활약을 하려 했던 그는 오늘 경기에서 1어시에 그쳤다.

—

제2장

8강전

"제길."

내일이면 인도로 돌아가야 하는 조하르는 침울했다.

16강 한국전에서 1, 2세트 통틀어 1어시에 그쳤다.

졸전이었다.

수리검 수십 개를 한꺼번에 쏟아내는 그의 '원격 조종'은 분명 전술적인 가치가 있었다. 칸 아르얀의 '맹독'을 만나 부족한 공격력도 보강되었고 말이다.

하지만 한국에 의해 그 공격은 파훼당했다.

2세트에서도 한국은 서문엽이 돌격대장이 되어서 인도의 대형을 쳐부쉈다.

조하르는 이번에는 1세트와 달리 수리검을 던지지 않고 아꼈는데, 그것도 올바른 해답은 아니었다.

탱커부터 처치하고 파고든 서문엽은 그야말로 인도를 혼자서 풍비박산 냈다.

조하르를 중심으로 치고 빠지기에 특화된 인도 대표 팀은 원거리 딜러가 많았는데, 그만큼 근접전에 취약하다는 것이 입증되었다.

조하르의 전술적 가치가 더 하락한 셈이었다.

심지어 그는 서문엽의 2킬 희생양이 되었다. 서문엽이 노리고 들어오자 뒤돌아 달아났는데, 등 돌린 순간 예측 투창이 날아와 그의 숨통을 끊었다.

빠른 발을 가졌지만 반사 신경까지 빠르지는 못하다는 게 적나라하게 드러난 장면이었다.

지금까지 인도 대표 팀의 16강 진출을 이끌면서 선수로서의 재평가가 이루어지고 있었는데, 막판에 다시 한계가 노출된 상황이었다.

베테랑인 조하르는 그 사실을 잘 인지하고 있었다.

'이대로 인도에서 선수 생활을 마쳐야 하는 건가.'

조하르는 울분을 느꼈다. 재능이 없다는 것은 참으로 서글픈 것이었다.

자신의 유일한 무기인 '원격 조종'을 극대화하기 위해 온갖 노력을 기울인 끝에 지금의 스타일을 확립했지만, 이마저도 부족했다.

현실을 직시하기로 한 조하르는 조용히 숙소에서 짐을 쌌다. 그런데 그때, 전화가 왔다.

발신자를 보니 자신의 에이전트 담당자였다.

ㅡ조하르, 통화 가능해?

"예. 네덜란드에서 연락 왔습니까?"

조하르는 혹시나 싶어서 물었다.

그는 현재 네덜란드 리그의 하위 클럽으로부터 영입 제의를 받은 상태였다.

그 클럽에 '출혈'이라는 초능력을 가진 선수가 있는데, 다수의 적에게 상처를 입힐 수 있는 조하르와 좋은 콤비가 될 것 같다는 것이었다.

네덜란드 리그가 그리 수준 높은 편은 아니었지만, 빅 리그로 가기 위한 발판에는 제격이었고 적어도 인도보다는 나았다.

ㅡ아, 그 얘기라면 조건이 별로 좋지 않았어. 어제 경기 보고서 네게 치명적인 약점이 있다고 트집을 잡고 있어.

"역시……."

조하르는 이를 악물었다. 이렇게 될 줄 그도 예상하고 있었다. 협상에서 트집거리를 잡는 일이야 흔했고, 그쪽은 유럽 진출에 목말라 있는 조하르의 간절함을 이용하고 있었으니까.

ㅡ근데 그보다 더 흥미로운 제안이 있어.

"예? 어딘데요?"

—한국.

"한국? 유럽 아니면 안 갑니다. 한국 갈 바에는 그냥 인도에서 뛰겠어요."

조하르는 화를 냈다.

그런데 이어지는 이야기는 정말로 흥미로웠다.

—월드 챔스 진출 클럽인데도?

"…예?"

—YSM에서 영입 제의가 왔단 말이야. 어제 싸워본 서문엽의 팀이!

"그, 그럼 서문엽이 어제 나를 보고서?"

—아, 그건 아닌 것 같아. 네게 관심을 가진 쪽은 그 팀 감독이야. 널 좋게 보고서 서문엽에게 영입해도 좋다는 허가도 받은 모양이더라.

관심을 가진 게 서문엽이 아니라는 점에서 조하르는 실망했다. 어제의 졸전을 직접 본 서문엽이 자신을 좋게 평가할 이유는 없었으니 납득은 들었다.

"YSM의 감독이면 가브리엘 사나죠? 파리 뤼미에르 출신의."

—그래, 파리 뤼미에르에서 키워주던 젊은 지도자였잖아.

가브리엘 사나 감독은 YSM과 서문엽의 약진과 함께 덩달아 명성을 날리기 시작했다.

그가 파리 뤼미에르 BC의 유소년 감독으로 촉망받는 젊은 지도자였다는 경력도 널리 알려졌다.

모로 형제가 서문엽의 광팬이 아니었으면 가브리엘을 보내 주지도 않았을 것이라는 이야기도 있었다.

—그 감독과 직접 통화해 봤는데 널 로테이션 멤버로 전략적으로 활용할 생각이라고 하더라. 알지? YSM에 칸 아르얀도 있는 거.

"칸 아르얀과 함께 활용하겠다는 생각이군요."

—그래, 효과는 이미 월드컵에서 입증됐으니까. 아시아인 게 흠이지만, 당장 월드 챔스에 출전할 수 있는 기회야.

라홀라 조하르의 얼굴이 희망으로 밝아졌다.

자신의 커리어에 월드 챔스를 추가할 좋은 찬스였다.

*   *   *

한국에 배틀필드 열풍이 불었다.

이미 국민 영웅인 서문엽이 활약하면서 배틀필드는 국내 최고의 메이저 스포츠로 성장하는 추세였다.

월드컵까지 전승으로 8강에 진출하자 축제 분위기였다.

월드컵의 열기를 이어받기 위하여 KB-1 리그의 각 클럽들은 저마다 큰 규모의 이적 자금을 준비하고 있었다.

월드컵이 끝나도 한동안 배틀필드에 대한 관심이 사라지지 않을 터였다.

그때쯤 초대형 영입으로 팬들의 기대감을 높이겠다는 의지였다.

그들은 월드컵 성공을 이끌고 있는 대표 팀 멤버는 물론이
고 유럽에서 뛰는 선수들도 노리고 있었다. 그쯤은 되어야 팬
들의 기대를 모을 수 있기 때문이다.

한국의 클럽들이 이적 시장에서 의욕을 보이자 KB—1 리
그에 대한 세계의 관심도 한층 높아졌다. KB—1 리그가 한층
더 성장하려는 징조였다.

당장 월드컵이 끝나면 월드 챔스를 치러야 하는 YSM도 당
연히 이적 시장에서 가만히 있지 않았다.

〈YSM, 보조 탱커로 신태경 영입한다〉

〈신태경 '꿈의 월드 챔스 무대에 가고파'〉

〈인도의 에이스 라훌라 조하르, YSM에서도 칸 아르얀과 콤비
이루나〉

YSM이 추진하고 있는 신태경, 라훌라 조하르 영입은 의외
라는 평가였다.

신태경은 대표 팀 멤버로 현재 진행 중인 월드컵 성공 신화
에 탑승하고 있지만, 이번 월드컵에서 별로 좋은 모습을 보여
주지 못했다.

이탈리아와의 평가전에서 프란체스코 카니니에게 솔로 킬
을 당했고, 네덜란드전에서는 샌더 반 바트의 견제 플레이에

맥없이 데스됐다. 미국전에서는 제럴드 워커에게 대항 한 번 못 하고 한 번에 즉사.

물론 프란체스코 카니니, 샌더 반 바트, 제럴드 워커는 명성 쟁쟁한 월드 클래스 선수들이긴 했지만, 딜러도 아니고 탱커가 너무 잘 죽었다. 이는 동료들의 버팀목이 되어주어야 하는 탱커로서 신뢰성 있는 모습이 아니었다.

그런데 다른 팀도 아니고 월드 챔스를 준비하는 YSM이 신태경을 영입하려 하니 고개를 갸웃거릴 수밖에 없었다.

라훌라 조하르는 신태경에 비하면 납득이 가는 면이 있었다.

칸 아르얀의 '맹독'과 조합하면 전술적으로 효과적인 공격 수단이 되기 때문이다.

발도 빨랐다.

평상시의 달리기 속도도 빠르고, 초능력 '질주'를 사용하면 세계 정상급의 기동력을 보인다.

아쉬운 부분이 많지만 쓸데가 있다는 뜻이었다.

하지만 그 아쉬운 부분이 너무 많다는 게 문제.

조하르를 중심으로 한 인도 대표 팀의 약점은 한국 대표 팀이 보여줬다.

견제 수단으로는 좋지만 한 타 싸움에서 승패가 갈릴 만한 위력을 보여주지는 못한다는 점이다. 그렇다고 칸 아르얀의 '맹독'이 초인을 즉사시킬 정도로 위력이 센 것도 아니었으니까.

YSM은 5인까지 보유 가능한 외국인 선수 제한 중 4인을 이미 활용 중이었다.

　파울 콜린스.

　사니야 아흐메토바.

　칸 아르얀.

　개리 윌리엄스.

　하나같이 성공적인 영입으로 평가되고 있는 선수들이었다. 상대적으로 저평가되거나 전혀 두각을 안 보였던 선수를 데려와 성공시킨 사례였다.

　하지만 월드 챔스를 코앞에 둔 만큼, 이번에는 쟁쟁한 명성을 가진 세계적인 선수를 영입하지 않을까 하는 기대가 있었다. YSM은 예전과 달리 자금 사정도 넉넉했고 말이다.

　라훌라 조하르는 그런 팬들의 기대를 깨버린 영입이었다.

　—헐값에 주워 와서 고쳐 쓰는 것도 좋지만, 1명쯤은 월드 클래스 선수 데려와도 되는 거 아닌가?

　ㄴ어떤 월드 클래스가 한국에 오겠냐?

　ㄴ못 올 건 뭐야? 서문엽 형님과 함께 월드 챔스에서 뛰고 싶어 할 선수도 있을 텐데.

　ㄴYSM에서 그런 선수들 연봉을 어떻게 주나?

　—난 서문엽 형님의 안목을 믿는다.

　—사니야 지킨 것만 해도 다행인 듯……

YSM의 영입에 관심을 갖는 것은 국내 팬들만이 아니었다.

월드 챔스 우승을 노리는 세계 유수의 명문 클럽들이 YSM의 행보를 예의 주시 하고 있었다.

본래 YSM은 월드 챔스 8강 이상의 성적을 낼 수 있는 팀이 아니라는 평가가 지배적이었다.

하지만 이제는 양상이 달라졌다.

이유는 간단했다.

서문엽이 월드컵에서 미친 활약을 펼치고 있었던 것이다.

서문엽과 피에트로 아넬라 외에는 별 볼 일 없는 팀.

한국 대표 팀에 대한 그런 평가는 아직도 유효했지만, 문제는 그 두 사람만으로도 너무 뛰어난 활약을 펼치고 있다는 점이었다.

세계 최강으로 꼽혀오던 미국을 격파했으니 말이다.

이어서 8강전 상대는 이탈리아였다.

치치 루카스가 이끌고 있는 이탈리아 대표 팀과는 이미 월드컵 전 평가전에서도 붙어본 적 있었다.

이탈리아의 수호신 치치 루카스도 있었고, 이탈리아의 떠오르는 신성인 프란체스코 카니니도 있었지만, 두 사람 다 서문엽에게 완패했다.

특히 카니니의 경우 서문엽에게 일 합에 데스당한 이후로는 오만함을 버리고 보다 노력하는 모습을 보이게 되었다고 한다.

어쨌거나 그때도 1, 2세트 모두 한국이 이겼었다.

그로부터 얼마 시일이 흐르지도 않았는데 이탈리아 대표
팀이 뚜렷한 대책을 마련했다고 보기는 어려웠다.

〈프란체스코 카니니 '한국은 강팀, 쉽지 않아'〉

〈한국전 앞둔 이탈리아 여론 '피에트로 아넬라는 매국노'〉

이탈리아는 아직 8강전이 시작되지도 않았는데도 벌써부터
끓어오르고 있었다.

서문엽이 워낙에 미쳐 날뛰고 있었기 때문에 도저히 막을
수 없다고 전문가들이 입을 모아 말하고 있었기 때문이다.

특히나 피에트로만 없었어도 이길 수 있었을 거라는 전문
가의 견해는 이탈리아 팬들을 분노케 했다. 그들은 피에트로
를 조국을 버린 배신자라고 맹비난했다.

하지만 본래 피에트로 아넬라는 배신자가 맞긴 하지만, 세
뇌되어 타락한 대사제 편을 들어 인류를 등진 자라는 것을 알
지는 못했다.

현재 그 몸에 깃들어 있는 전직 대사제 피에트로는 무슨 비
난을 하건 말건 아무 관심도 없어 했다.

〈한국 귀화한 피에트로 아넬라 '조국에 대한 미련 별로 없어,
비난은 마음대로'〉

모국의 비난 여론에도 눈썹 하나 까닥 안 하는 피에트로의 태도는 이탈리아를 더욱 분노케 했다. 그 알맹이가 인간이 아니라는 것을 이탈리아인들은 알 리가 없었다.

"아넬라 선수 말입니다. 겉으로는 멀쩡해 보입니다만, 혹시 정신적으로 힘들어하는 것은 아닙니까?"

사정을 모르는 라이너 하임 전술 코치가 서문엽에게 은밀히 물었다.

서문엽은 피식 웃으며 대꾸했다.

"괜찮아, 걔가 눈 하나 깜짝하는 거 봤냐?"

"그래도 이번에는 경기장 관중석에 이탈리아 팬들이 잔뜩 있을 겁니다. 선수 입장 때 비난이 쏟아질 텐데요."

"괜찮다니까. 면전에 대고 비난해도 꿈쩍도 안 해. 걔가 평범한 인간 같아?"

"하기야 가끔은 같은 사람이 맞나 의심될 정도입니다만……."

자기도 모르게 진실에 접근한 라이너 하임이었다.

*　　　*　　　*

순조롭게 진행될 줄 알았던 8강전에 변수가 생긴 것은 경기 전날 저녁이었다.

—첫 번째 상급 사제의 행적이 발견됐어요.

여왕이 새 소식을 알려온 것이다.

"어떻게?"

　—그를 따르다가 이탈한 사제들에게 소식을 들었어요. 아무래도 첫 번째 상급 사제에 대한 의문이 들어서 도망치는 사제들이 속출하는 현황이라고 해요.

그건 좋은 소식이었다.

타락한 대사제의 행동에 의심이 든 사제들이 계속 이탈하고 있었다.

"그 자식, 정신적으로 궁지에 몰렸을 거야. 우두머리가 동요하는 걸 보고 사제들도 의심이 들었겠지."

서문엽은 일전에 타락한 대사제를 봤을 때 그의 정신력이 31/100인 것을 봤었다.

가장 소중한 동료였던 다섯째 상급 사제마저 잃고 준비했던 일이 실패로 돌아가자 정신력이 그때보다 더 떨어졌을 수 있다.

31보다 아래면 초인이 아닌 평범한 인간보다도 떨어졌다는 뜻.

그를 따르던 사제들이 눈치 못 챌 리가 없었다.

　—맞아요. 우리에게로 귀순한 사제들도 그렇게 말했어요. 점점 정신적으로 쇠약해져 가는 게 보이는데, 태초의 빛을 모시는 대사제에게 그런 현상이 있을 리 없지 않냐고 하더라고요.

여왕도 동의했다.

아무튼 행적이 발견됐으니, 얼른 찾아서 처치해야 한다.

그런데 서문엽은 눈살을 찌푸렸다.

"내일 경기 있는데."

―그게 중요한 게 아니잖아요.

여왕이 타이르듯이 말했다.

"그래서, 그 녀석 잔당이 얼마나 남았다는데?"

―이제 손에 꼽을 정도라고 해요.

"그럼 피에트로만 보내도 되려나?"

―글쎄요. 피에트로에게 직접 물어보는 게 어떨까요?

여왕도 싸움에 대해서는 잘 모르기 때문에 확신하지 못했다.

서문엽은 피에트로를 찾아가서 이 소식을 들려주었다.

피에트로는 고개를 끄덕였다.

"나 혼자 가는 게 빠르다."

"전에 붙어봤을 때 그 녀석 보통 놈 아니던데?"

서문엽은 일전에 타락한 대사제와 싸웠던 일을 떠올렸다.

―대상: 타락한 대사제(지저인)

―근력 95/95

―민첩성 93/93

―속도 82/82

―지구력 89/89

—정신력 31/100

—기술 82/82

—오러 245/188

—초능력: 추종, 서약, 전사의 기억

—추종: 먼 시공 너머에 있는 어떤 존재와 감응한다.

—서약: 먼 시공 너머에 있는 어떤 존재에게 영혼을 저당 잡힌 충성을 맹세하고, 대가로 한계를 뛰어넘은 오러를 얻는다.

—전사의 기억: 실제로 본 적이 있었던 전사의 무예를 똑같이 재현한다.

'추종'과 '서약'으로 자신의 한계 이상의 오러양을 손에 넣었다.

인간이 아닌 지저인에게 저만한 오러가 있다는 것은 매우 위험한 일이었다.

그때 서문엽이 능수능란하게 타락한 대사제를 상대할 수 있었던 것은, '전사의 기억'을 펼친 대상이 공교롭게도 서문엽이 실컷 싸워봤던 만인룡 황제였기 때문이다.

하지만 서문엽 같은 전사가 아닌 피에트로에게는 까다로운 상대가 될 수 있었다.

"첫 번째의 수법은 모두 안다. 딱히 문제없다."

피에트로는 단언했다.

"뭐, 네가 그렇다면 그런 거겠지. 그럼 다녀와."

서문엽은 피에트로에게 이 일을 맡기기로 했다. 어차피 내일 경기 때문에 자신까지 빠지면 곤란했다.

'피에트로는 빼고 경기를 치러야겠네. 어쩔 수 없지.'

중요한 건 경기가 아니었으니 어쩔 수 없었다.

피에트로는 타락한 대사제를 처치하기 위해 공간 이동으로 사라졌다.

그리고 서문엽은 백제호를 찾아가 말했다.

"피에트로는 내일 출전 못 할 것 같아."

"뭐? 어째서?"

깜짝 놀란 백제호에게 서문엽이 뻔뻔하게 말했다.

"아무래도 모국과 싸우는 게 정신적으로 힘든 모양이야."

"……."

백제호는 어이가 없어서 할 말을 잃었다.

하지만 서문엽은 뻔뻔스럽게 표정 하나 변하지 않고 진지했다.

"다시 말해봐라. 누가 모국을 상대로 싸우기 힘들어한다고?"

"피에트로."

"장난해?"

"장난 아니야. 걔가 알맹이는 다른 놈이어도 몸은 이탈리아인이잖아. 모국을 배신하고 비난을 받으니까 몸이 잘 말을 안

듣는대요."

"그게 무슨 궤변이야? 전에는 이탈리아와 평가전에서 잘만 싸우더니."

"에이, 그건 평가전이었고."

"네 말대로라면 그 녀석의 몸이 평가전과 월드컵 8강전을 구분해서 반응한다는 소리겠네?"

"응."

"말이 되냐! 문제가 뭐야?"

"아, 진짜라니까. 아무튼 피에트로는 정신적 충격으로 내일 경기는 못 뛰겠다며 어디론가 사라졌어."

"그럼 경기는 어떡하고! 한국의 팬들에게 비난받는 건 상관 없다 이거야?"

"그런 거 상관 안 하는 놈이야."

"말이 앞뒤가 안 맞잖아!"

"아무튼 그런 줄 알아. 내일 경기는 염려 말고."

서문엽은 백제호의 어깨를 툭툭 쳤다.

"내가 있는데 무슨 걱정이야?"

백제호는 골치가 아픈 나머지 나직이 신음했다.

한 타 싸움 위주로 전술을 짠 데에는 피에트로의 존재가 있었기 때문이다.

피에트로가 있는 이상 집단전에서 압도적으로 유리하다는 믿음이 있으므로 한국 대표 팀이 승승장구할 수 있었고, 상대 팀들이 모두 정면 승부를 두려워했던 것이다.

이제는 완벽하게 서문엽의 원맨팀이 되어버렸으니, 이탈리아 대표 팀은 과감하게 나올 것이다. 서문엽만 조심하면 되니까.

하지만 백제호는 알지 못했다.

서문엽은 내일 봉인했던 초능력을 개방할 생각이었다.

                    *   *   *

─한국 대 이탈리아가 8강에서 다시 만났습니다. 일전에 평가전에서는 한국이 한 세트도 내주지 않고 이탈리아의 전술을 완벽히 파훼하는 모습을 보여주었습니다.

─예, 무제한 견제 플레이로 상대를 질식시키는 이탈리아 대표 팀의 전술은 파리 뤼미에르의 것과 동일했습니다만, 견제 후 후퇴할 때 역습을 취하는 한국의 반격에 의해 패퇴했죠. 그 탓에 이탈리아로서는 오늘 8강전이 상당히 부담스러웠겠습니다만, 오늘 새로운 소식이 있죠?

─예, 피에트로 아넬라 선수가 오늘 출전 명단에서 제외되었습니다. 아무래도 그의 모국인 이탈리아에서 생긴 비난 여론을 의식한 게 아닐까 하는 추측이 듭니다.

─이전까지만 해도 전혀 상관하지 않는다는 듯이 인터뷰했던 아넬라 선수인데 의외였습니다. 한국 대표 팀의 강력한 원투 펀치 중 하나가 사라졌으니 이탈리아 대표 팀으로서는

낭보입니다.

—한국으로서는 비보지요. 하지만 어찌할 도리가 없습니다. 심리적인 문제니까요. 피에트로 아넬라 선수의 활약에 덕을 많이 본 한국으로서는 아쉽지만 이해해 줘야 하지 않을까 싶습니다.

—이러면 서문엽 선수의 어깨가 많이 무거워졌습니다.

—그렇죠. 하지만 부담을 짊어지는 일에 익숙한 선수이니 오늘 경기에서도 좋은 활약을 기대하겠습니다.

갑작스러운 일이었다.

피에트로가 출전하지 않게 되자 한국 대표 팀은 분위기가 뒤숭숭했다.

"심적 부담이 있었다고?"

"그런 사람 같지가 않았는데."

"감정이 존재하는 사람이긴 했었어?"

한국 대표 팀 선수들은 서로를 보며 수군거렸다.

같은 YSM 소속 선수들이 더 의아해했다. 그들이 지금껏 본 피에트로는 감정 자체가 없어 보였기 때문이다.

채우현이 그들에게 주의를 주었다.

"쓸데없는 잡담은 그만둬. 당사자의 심경을 겉만 보고 어떻게 알겠어? 우리가 이해하고 그 몫까지 더 열심히 싸워야지."

"네."

"그야 알죠."

피에트로의 부재로 부담이 밀려왔지만, 그들은 불만을 가질 수가 없었다. 애당초 피에트로의 합류는 한국으로서는 예상외의 행운이었다.

그 덕에 8강까지 온 셈이니 오늘 일만 가지고 비난하는 것은 배은망덕한 일이었다.

경기장 입장을 위해 복도에서 양 팀이 모였다.

이탈리아 대표 팀은 뒤숭숭한 한국 측과 달리 다소 밝았다.

치치 루카스가 같은 소속 팀 동료인 백하연에게 다가왔다.

"행운의 여신이 우리에게 웃어주는데."

"흥, 그래도 우리가 이길 거거든?"

백하연이 콧방귀를 뀌었다.

치치 루카스는 실실 웃었다.

"무사히 4강까지 갈 수 있어서 얼마나 다행인지 몰라."

"우리 삼촌이나 이기고서 그런 소리 하시지? 전에 보니까 쪽도 못 쓰던데."

"걱정해 주는 거야? 염려 마, 서문엽만 잘 막으면 되니까 큰 부담은 없어."

백하연은 얄밉다는 듯이 치치 루카스를 노려보았다.

"오늘 지면 화풀이로 산불이라도 질러 버려야지."

"숲은 건들지 마!"

치치 루카스가 벌컥 성질을 내자 이번에는 백하연이 깔깔거렸다.

"남극이 점점 사라지고 있는데 알고 보니 북극이 더 많이 녹고 있어서 그런 거래. 지구가 파괴되고 있는데 여기서 이러고 있을 시간이 있니?"

"허억!"

치치 루카스는 큰 정신적 충격을 받았다.

크게 동요한 치치 루카스는 동료들이 진정시키느라 진땀을 빼야 했다. 결국 동료들이 사막 녹지화 사업에 투자하겠다고 약속한 뒤에야 치치 루카스는 제정신이 돌아왔다.

치치 루카스는 아직도 떨리는 손으로 백하연을 가리키며 말했다.

"하연! 넌 정말 악마야! 지구가 파괴되는 게 그렇게 즐거워? 자연은 보호해야 하는 거라고."

"호호호, 이기기 위해서는 뭔들 못 할까. 사실 사막에 만든 네 숲에 불을 지르라고 사람을 비밀리에 보냈는데 알고 있니?"

"커헉! 거, 거짓말이야. 거짓말일 게 뻔한데……."

치치 루카스는 또 혼란에 빠졌다.

그때 그들의 실랑이를 한심하게 지켜보던 서문엽이 말했다.

"하연아, 걔 그만 놀려라. 나름 좋은 일에 애쓰는 애를 놀려서 되겠어?"

"흥, 먼저 도발하니까 그렇지. 삼촌만 막으면 된다고 하잖

아. 난 장식인 줄 알아?"

"음, 근데 내 원맨팀 맞잖니."

"혼날래!"

낄낄 웃은 서문엽은 치치 루카스에게 말했다.

"너도 진정해. 내가 나중에 끝내주는 능력을 가진 애들을
자연 보호에 붙여줄게."

"진짜야?"

"응, 땅 파는 데 일가견 있는 애들 있어. 지구 생태계야 개
들한텐 식은 죽 먹기지."

깊은 지저에서도 던전을 만들며 사는 이들을 떠올리며 서
문엽은 대충 대꾸했다.

"좋아, 약속한 거야!"

치치 루카스는 냉정을 되찾고는 의욕에 불타올랐다.

백하연은 불만이 잔뜩 어린 얼굴로 서문엽에게 따졌다.

"삼촌, 왜 굳이 쟤 컨디션을 살려놓는 거야!"

"오늘 삼촌은 무적이거든. 상대가 좀 돼야 덜 심심하잖니."

그것은 진심이었다.

서문엽은 이탈리아 선수들에게 조금 미안함을 가지고 있었
다.

오늘 벌어질 싸움은 일방적인 게임이 될 것이 분명했기에.

'증폭된 분석안은 치트키 쓰는 것 같아서 좀 미안하거든.'

이미 육체 능력과 오러양도 사기적인 수준에 올라 있는 서

문엽이었다.

그냥 어떤 초능력도 사용하지 않고 싸워도 이길 수 있을 정도였다.

하지만 서문엽은 여기서 증폭된 분석안까지 쓸 생각이었다. 상대의 능력치는 물론이고 움직임까지 미리 볼 수 있게 되면, 승부는 이미 끝난 거나 다름없었다.

갑자기 빠져 버린 피에트로의 문제를 무마하기 위하여 서문엽은 오늘 경기를 최대한 압도적으로 이길 생각이었다.

이윽고 양 팀 선수들이 함께 입장했다.

경기장에 함성이 울려 퍼졌다.

이탈리아에서 온 팬들도, 한국에서 온 팬들도 함께 승리를 외쳤다.

경기가 시작되었다.

1세트 던전은 용의 둥지.

용을 연상케 하는 괴물들이 서식하는 던전으로, 까마득히 거대한 용의 잔해들이 던전을 잔뜩 채우고 있어서 지형을 복잡하게 만드는 구조물 역할을 하고 있었다.

실제로는 용이 아니라 고대종의 지저 괴물들이지만, 인류는 그냥 용이라고 명명하고 있었다.

용은 금속처럼 단단한 껍데기에 둘러싸인 갑각류 곤충의 외모에 도마뱀처럼 네 발과 긴 꼬리가 있었으며, 등에는 잠자리 같은 날개를 달고 있었다.

오러로 타격을 가해도 잘 상처 입지 않고, 오러를 불이나 마비 가스로 치환해 내뿜기 때문에 상당히 까다로웠다.

용 한 마리, 한 마리가 모두 강하며 무리까지 짓기 때문에 11명이 함께 다니며 사냥을 해야 했다.

*   *   *

상당히 험난한 던전이었다.

경기가 시작되자마자 출몰한 용과 싸우느라 정신이 없었다.

잠자리를 연상케 하는 거대한 날개를 빠르게 파닥거리며 날아오는 용들이 마비 가스를 뿜었다.

"피해!"

채우현이 소리 질렀다. 당연하지만 마비 가스는 탱커들이 막을 수 있는 종류가 아니었다.

좌우로 흩어진 한국 선수들.

멀찍이 물러나 있던 심영수가 백하연의 눈치를 보았다. 백하연이 턱짓으로 신호를 주자 심영수는 그제야 '폭발 구체'를 만들어 던졌다.

콰릉!

"크헥!"

안면에 '폭발 구체'를 얻어맞자 폭발의 위력에 고개가 옆으로 돌아간 용.

심영수의 '폭발 구체'는 꽤 강한 초능력에 속함에도 용에게 큰 피해를 주지 못했다.

다만 용이 비틀거리는 동안 동료들이 반격의 기회를 얻었다.

"치명타를 먹여야 해!"

백하연이 소리치며 가장 먼저 달려들었다.

이번 반격 타이밍에 잡지 못하면 또 마비 가스나 화염을 내뿜기 때문에 골치 아팠다.

슈칵!

검이 용의 옆구리 껍데기 틈바구니를 파고들었다.

"크아아아!"

용이 고통과 분노로 포효했다.

하지만 연이어 박영민, 유벽호, 최혁이 공격을 펼치자 용은 계속 두들겨 맞고 비틀거렸다.

순조롭게 사냥이 되고 있을 때, 멀리서 용 한 마리가 더 날아들었다.

2마리를 한 번에 사냥하는 것은 난이도가 높은 일이었다.

"내가 어그로 끌게!"

이제 능숙한 탱커가 된 최혁이 소리쳤다.

그러나 그의 어깨를 툭툭 치고는 앞서 나가는 사내가 있었다.

"저건 내가 처리할게. 뒤에 또 한 마리 올 것 같으니까 그쪽 마크해."

"엇? 예!"

서문엽이었다.

서문엽은 용이 날아들어도 가만히 보고만 있었다.

이윽고 용이 입을 벌리고 화염을 뿜는 순간.

쉬익!

불길이 나오는 타이밍에 맞춰 창을 던졌다.

창은 화염을 뚫고 용의 왼쪽 눈을 꿰뚫었다.

콰직!

"쿠에에에엑!!"

용이 울부짖었다.

화염이 용의 시야를 가리는 틈에 창을 던져 간단히 급소를 맞혀 버린 것이었다.

계속해서 용이 보지 못하는 왼쪽으로 움직인 서문엽은 간단히 옆구리까지 접근해 창을 하나 더 찔러 넣었다.

푸욱!

"크헤엑!"

용은 단 두 방에 쓰러져 죽음을 맞이했다.

아직 다른 동료들은 용 한 마리를 이제야 다 잡아가는 중이었다.

또 한 마리 출몰한 용은 최혁이 어그로를 끌었고, 그 틈에 서문엽이 3연속 투창으로 눈과 날개 등을 맞히고는 달려들어 숨통을 끊었다.

서문엽에 의해 한국 대표 팀의 사냥 속도는 아주 빨라지고 있었다.

순조롭게 사냥이 이루어지면서 한국 대표 팀은 꾸준히 한 발짝씩 전진했다.

방향은 이탈리아 대표 팀의 진영이었다.

피에트로의 결장으로 불리한 상황임에도 불구하고 뜻밖에도 한국이 공격적으로 이탈리아와 거리를 좁혀가고 있었던 것이다.

이는 서문엽의 오더였다.

"거리를 한 구역 차이로 좁혀. 가까이만 붙으면 그다음부터는 내가 다 조진다."

용의 둥지는 용들이 워낙 강하기도 하고 소란스러웠기 때문에 혼자서 조용히 접근하기가 용이하지 않았다. 그래서 아예 팀 전체를 이탈리아 측에 다가가게 하고 있었다.

거리가 한 구역 이내로 좁혀지자 비로소 서문엽이 움직이기 시작했다.

일단 이나연이 용들을 유인해서 길을 열어주었다.

용들이 이나연을 쫓아 사라지자, 빈 길로 서문엽이 달렸다.

사냥이 시작되었다.

*   *   *

—서문엽, 1킬.

시작은 투창이었다.

한국 측이 이미 가까이 접근했다는 것을 알고 있었던 이탈리아 대표 팀은 충분히 경계를 하고 있었지만, 바깥에서 경계를 서고 있던 원거리 딜러부터 1킬의 재물이 되었다.

창이 날아오는 걸 보고 왼쪽으로 피했지만, 창도 왼쪽으로 궤도가 꺾이면서 그대로 데스당한 것이다.

"와아아아!"

"오오오!"

관중들의 감탄 혹은 탄식이 흘러나왔다.

너무나 깔끔한 투창이었다.

—서문엽 선수 1킬!

—살바토레 선수가 창이 오는 걸 보고 피했는데, 절묘하게 피하는 방향으로 창도 휘었어요!

—행운일까요, 예측한 걸까요. 아무튼 명성대로 서문엽 선수의 투창은 일품입니다.

—오늘 한국이 피에트로 아넬라 선수의 결장으로 악재를 안고 시작했습니다만, 서문엽 선수가 초반부터 좋은 움직임을 보여주고 있습니다.

—그렇습니다! 이전까지 양 팀의 사냥 속도만 봐도, 한국

팀이 더 빠르거든요. 서문엽 선수는 정말 괴물 사냥에 압도적인 실력을 보여주고 있어요.

　—1킬을 먹고 3단계에 접어든 서문엽 선수. 벌써부터 붉은 광채가 흐릅니다.

그때부터였다.

서문엽은 이탈리아를 탈탈 털기 시작했다.

　—서문엽, 2킬.

이번에도 창 2자루를 던져서 1명을 또 잡았다.

첫 번째 창은 회전이 실려서 똑바로 날아오지 않고 흔들거렸다.

마치 뱀이 넘실거리는 듯해 경계심이 든 이탈리아의 근접 딜러는 아예 몸을 날려서 크게 거리를 두고 여유 있게 피했다.

그런데 시간차를 두고 날아든 두 번째 창이 정확히 몸을 날렸던 지점에 날아들어서 목숨을 앗아갔다.

"뭣들 하는 거야! 정신 똑바로 차려!"

치치 루카스가 화를 냈다.

아직 싸워보지도 못했는데 2킬을 당하자 동료들을 독려했다.

프란체스코 카니니가 치치 루카스에게 말했다.

"이래서는 안 돼. 서문엽을 처치해야 해."

치치 루카스는 그 말에 대답을 쉽게 못 했다.

서문엽을 잡겠다고 덤벼서 좋은 결과가 나온 경우를 본 적 없었다.

하지만 이대로 당하고 있자니 계속 위협적인 투창에 견제 받을 터였다.

"그래, 오늘 서문의 투창이 너무 컨디션이 좋아. 처치해야겠어."

치치 루카스도 결정을 내렸다.

예측 투창이 계속 적중되는 걸 보니, 오늘 서문엽을 그냥 놔뒀다가는 큰일 날 것 같았다.

물론 서문엽은 달리기 속도가 너무 빨라 잡기가 쉽지 않았다.

하지만 치치 루카스는 라이벌 클럽인 블리츠 BC의 다니엘 만츠를 많이 상대해 봤다.

'스프린트'로 엄청난 순간 스피드를 내는 다니엘 만츠를 잡을 때와 동일하다고 생각했다.

치치 루카스는 카니니에게 말했다.

"네가 '오러의 칼날'을 계속 쏴서 그걸 피하느라 전력 질주를 하지 못하게 만들어. 그 틈에 내가 거리를 좁힐 거야."

"알았어."

다 같이 서문엽을 잡기 위한 설계를 해놓은 이탈리아 대표팀은 타깃이 다시 나타나기를 기다렸다.

촉각을 곤두세우니, 서문엽이 다시 모습을 드러냈다.

창을 던지기 위한 자세를 취하고 있었다.

"이때다!"

카니니가 '오러의 칼날'을 마구 쏘기 시작했다.

휘두르는 검에서 튀어나온 오러의 칼날이 연속으로 서문엽에게 쏟아졌다.

파앗! 팟!

서문엽은 좌우로 움직여 날렵하게 피했다.

카니니는 다시 오러의 칼날 2개를 쏴서 십자(十字) 형태로 교차시켰다.

이번에도 서문엽은 십자 형태의 우측 아래쪽 틈새로 피해냈다.

아슬아슬한 느낌도 없이 여유 있게 피하는 서문엽의 모습에 카니니는 섬뜩함을 느꼈다. 저런 작자와 한때 일대일 대결로 이기려 했다니 스스로가 미쳤나 보다 싶었다.

하지만 그러는 동안 치치 루카스를 위시한 나머지 선수들이 일제히 달려들기 시작했다.

―대상: 치치 루카스(인간)

―근력 90/90

―민첩성 93/93

―속도 96/97

―지구력 100/100

―정신력 89/95

―기술 90/91

―오러 82/82

―리더십 86/87

―전술 80/90

―초능력: 재생, 저항, 녹색 축복

치치 루카스는 상당히 빨랐다.

예전에도 91이었던 속도가 이제는 96으로 더 올라 있었다.

86이었던 기술도 그사이에 90으로 상승.

기량이 절정에 올라 있는 상태였다.

그런 치치 루카스가 전속력으로 달려드니 순식간에 거리가 좁혀졌다.

서문엽은 도망치려고 했지만 카니니의 방해로 그러지 못했다. 오러의 칼날이 자꾸 등 뒤에서 날아오니 전속력으로 달아나지 못하고 자꾸 뒤를 돌아봐야 했다.

…그렇게 보였다.

'미안하지만 일찍 끝내주마.'

서문엽은 증폭된 분석안으로 치치 루카스가 덤비는 모습을 미리 보고 있었다. 창으로 찌르는 척하면서 가까이 근접해서 몸으로 부딪치려 하는 모습이 다 보였다.

치트키 쓰는 것 같아 미안하지만, 이것도 사실 반칙이 아닌 서문엽의 능력이니 양심에 가책을 받지는 않았다. 어른이 돼서 아이를 때리는 것 같아 미안한 것과 같은 기분일 뿐이었다.

파앗!

"죽어라!"

치치 루카스가 소리를 지르며 창을 찔렀다. 일부러 큰 소리로 위협해 창에 집중하도록 하는 의도였다.

터엉!

서문엽은 방패를 들어 막았다.

하지만 창에는 힘이 실려 있지 않았다. 진짜 무게를 실은 일격은 몸통 박치기였기 때문이다.

어깨로 들이받으려는 찰나였다.

서문엽은 지면에 가까이 몸을 낮추고 치치 루카스의 다리를 걷어찼다.

"헉!"

허를 찔린 반격에 치치 루카스는 균형을 잃고 허우적거렸다.

연이어 서문엽의 방패가 머리를 후려쳤다.

뻑!

치치 루카스는 쓰러져 땅을 굴렀다.

'응? 킬이 아니네?'

의아해진 서문엽.

놀랍게도 치치 루카스는 그 직후에 벌떡 일어났다.

맞고 쓰러질 때는 의식이 나간 것 같았는데 곧바로 회복해 버린 것이다.

'큰일 날 뻔했다.'

치치 루카스는 하마터면 한 방에 죽을 뻔해서 놀랐다.

균형을 잃었을 때 치치 루카스는 다급히 '재생'을 펼치고 있었다.

―재생: 상처를 재생한다.

본능적으로 위기감을 느끼고 재생에 오러를 다 투자하고 있었기 때문에 머리를 얻어맞고도 데스되지 않은 것이다.

'이놈 봐라?' 하는 표정으로 자신을 보고 있는 서문엽을 보니 치치 루카스는 덜컥 공포심이 들었다.

'뭐 이런 괴물이 다 있지?'

누가 최고의 선수냐는 논쟁에 한 번도 입을 연 적은 없지만, 내심 마음속으로는 자신이 누군가보다 뒤처진다고 생각해 본 적이 없었다.

그만큼 자부심이 있는 치치 루카스였지만, 눈앞의 이 남자는 차원이 다르다는 것이 피부로 느껴졌다. 범접할 수가 없었다.

―피해요!

카니니의 나직한 목소리가 들렸다.

서문엽에게 들리지 않게 작게 말하고 오러의 칼날을 쏜 카니니였다.

치치 루카스가 가로막고 있었기 때문에 서문엽이 보지 못하는 틈을 노리는 공격.

오러의 칼날이 다가올 때쯤, 치치 루카스는 재빨리 옆으로 몸을 날려 피했다.

그런데 같은 방향으로 서문엽도 함께 몸을 날리고 있었다.

'어, 어떻게?!'

기겁을 한 치치 루카스의 생각은 거기서 끊겼다.

―서문엽, 3킬.

함께 몸을 날리며 찌르기로 치치 루카스를 처치한 서문엽.

구심점이었던 캡틴의 데스에 뒤이어 달려들던 이탈리아 선수들의 기세가 팍 꺾였다.

오러의 칼날을 쐈던 프란체스코 카니니도 넋을 잃은 표정이었다.

전투 현장으로 백하연과 이나연, 유벽호 등 이동속도가 빠른 3인이 나타났다.

"가자!"

서문엽이 소리치며 앞장서서 달려들자, 세 사람이 뒤를 따라 돌격했다.

다른 한국 선수들도 합류하면서 이탈리아 대표 팀은 급속도로 무너졌다.

―서문엽, 4킬.

―서문엽, 5킬.

앞장서서 달리며 2명을 연거푸 찔러 죽인 서문엽.

일기당천의 맹장처럼 이탈리아 국가 대표 선수들을 처치하는 서문엽의 활약은 그날 경기의 하이라이트가 되기에 충분했다.

1세트, 11―0.

한국은 단 한 명의 피해도 없이 대승을 거뒀다.

경기장에 모인 이탈리아 관중들은 할 말을 잃은 채 믿겨지지 않는다는 표정을 짓고 있었다.

피에트로 아넬라의 결장 소식에 축제 분위기였으나, 이제는 한국인들의 축제였다.

*   *   *

일찌감치 8강을 확정 지은 영국 통합 대표 팀은 중국과의 일전을 앞두고 있었다.

중국은 프랑스와 같은 조가 되는 바람에 조별 리그 탈락 위기도 맞았지만 용케 조 2위로 통과했고 16강전도 승리해 8강까지 올라왔다.

하지만 영국 측은 중국을 그리 어려운 상대로 보고 있지 않았다.

저우린으로 대표되는 빠르고 날렵한 창술가들에 슈란이라는 강력한 옵션이 더해진 강팀이지만, 영국 또한 통합 대표 팀을 구성하면서 역대 월드컵 중 가장 황금기라고 평가받고 있었다.

무엇보다도 아이리시 위저드, 로이 마이어가 있었다.

"중국은 상대하기 어렵지 않아. 그들은 좋은 선수들이 많지만 전술은 프랑스와 파리 뤼미에르를 어설프게 흉내 내고 있을 뿐이야."

'마법사의 지혜'라 불릴 정도로 던전을 지배하는 판단력을 가진 로이 마이어의 평가였다.

그런 그의 말에는 강한 신뢰가 실려 있었다. 그가 그렇다면 그런 거였다. 중국전은 가뿐히 승리할 수 있음이 틀림없다고 동료들은 생각했다.

"문제는 4강전이군."

로이 마이어는 TV를 보며 중얼거렸다.

한국 대 이탈리아의 경기가 중계되고 있었다.

월드컵 대진에서 영국 통합 대표 팀은 중국을 꺾고 4강에 진출하면 오늘 경기의 승자와 만나게 된다.

1세트 결과를 보니 한국이 올라올 것 같았다.

서문엽은 투창만으로 2킬을 했고, 정면으로 맞붙어서도 치치 루카스를 시작으로 이탈리아 선수들을 쓸어버렸다.

살 떨리는 파괴력이었다.

이탈리아 국가 대표 선수들은 다들 이름만 들어도 알 만한 이들이었다. 빅 리그에서 활약하는 선수들 중에서 추리고 추린 멤버였다.

그런데 저렇게 학살하다시피 하다니.

'보고도 믿겨지지 않는다. 비현실적으로 느껴지는 장면이야.'

1세트 종료 후 휴식 시간 동안 하이라이트 장면을 계속 보여주고 있었다.

서문엽은 혼자서 6킬을 했는데, 거의 혼자서 이탈리아 대표 팀을 초토화시켰다.

"이탈리아가 올라왔으면 좋겠는데, 어렵겠지?"

잭 말론이 중얼거렸다.

'불의 거인'을 만들어 조종하는 그의 초능력은 이번 월드컵에서 명성을 얻고 있었지만, TV로 보이는 광경에는 기가 질렸다.

"저걸 보고도 그런 희망 사항이 나와? 이탈리아는 글렀는데."

근접 딜러 샘 윌슨이 투덜거렸다.

로이 마이어도 고개를 끄덕였다.

"아무리 봐도 이탈리아가 이길 가능성이 안 보이는군. 서문엽이 너무 세. 나로서도 한국은 꺼려지지만……."

경기 2세트가 시작되었다.

서문엽은 홀로 이탈리아 진영으로 넘어와 견제 플레이를 시작했다.

창을 던질 때마다 킬이 나왔다.

기가 막히게 타깃의 움직임을 예측하고 창을 던진다.

적어도 투창을 2회 이상 하면 누구라도 데스당했다.

TV로 경기를 지켜보는 영국 통합 대표 팀 선수들은 탄식이 나올 수밖에 없었다.

"어떻게 저렇게 잘 던지는 거야? 몇 초 앞의 미래가 미리 보이기라도 하는 거야?"

어느 선수의 탄식이 정답을 말했지만 누구도 그 말을 진지하게 듣지 않았다.

"예전에 A매치 때와는 완전히 다른 사람이 됐어."

로이 마이어가 탄식했다.

한국과 A매치를 했을 때는 가까스로 영국 통합 대표 팀이 이겼다.

지금의 영국 통합 대표 팀은 그때보다 더 강해졌다.

그런데 한국은 완전히 환골탈태되어 있었다.

특히나 서문엽이 아예 새로 태어난 것처럼 터무니없이 강해졌다.

한국 대표 팀이 피에트로 아넬라를 출전시키지 않은 이유가 있었다.

'피에트로 아넬라가 없이도 이길 자신이 있었으니까. 그까지 합세하면 얼마나 더 강해지는 걸까.'

로이 마이어는 4강전이 걱정되었다.

영국의 목표는 월드컵 우승이었다. 배틀필드에서 위상을 높이기 위하여 통합 대표 팀까지 조직했다.

그런데 한국이 너무 큰 장애물이었다.

'나는 피에트로 아넬라를 견제하지 않으면 안 된다. 그도 내가 상대하지 않으면 막을 수가 없는 자야. 그런데 서문엽은 누가 막지?'

최고의 탱커로 손꼽히던 치치 루카스마저 오래 버티지 못하고 데스당했다. 탱커들로 막을 수 있는 서문엽이 아니었다.

골치 아픈 고민을 하는 중에 2세트가 종료되었다.

이번에도 11-0 한국 승리.

심지어…….

─올 킬! 서문엽 선수가 기어코 이탈리아를 상대로 올 킬을 해냈습니다!

─용의 둥지보다 훨씬 운신하기 용이한 던전이었기 때문에 서문엽 선수가 경기 시작부터 자유롭게 활보할 수 있었습니

다. 이것이 이탈리아에게는 큰 재앙이 되었죠.

　—정말 무섭습니다, 서문엽 선수. 이번 월드컵에서 누가 최고의 배틀필드 플레이어인지 보여주려고 단단히 벼른 느낌입니다.

　월드컵 무대에서 올 킬이 나와 버렸다.

　서문엽이 이탈리아 선수 11명을 전부 처치했다.

　그것도 동료의 도움 없이 혼자서 해냈으니, 역대 올 킬 중 가장 위대한 업적이었다.

　양 팀을 통틀어 2세트에서 나온 공격 포인트는 오직 11킬 0어시스트.

　22명 중 오직 서문엽만이 일방적으로 공격 포인트를 쌓았다.

　"개리."

　로이 마이어가 개리 윌리엄스를 불렀다.

　"넌 서문엽과 같은 클럽 소속이지?"

　"그래."

　"넌 서문엽을 어떻게 평가하지?"

　개리는 고개를 저었다.

　"내가 감히 평가할 수 있는 사람이 아니야."

　"약점 같은 것도 모르나?"

　"그런 게 있을 리가. 있다면 독선적인 플레이 성향이겠지? 너무 일방적으로 오더를 내리니까. 그런데 아무도 불만이 없고 대개는 늘 옳으니 문제 된 적이 없어."

서문엽이 던전에서 내리는 판단은 늘 옳았기 때문에 YSM이나 한국 대표 팀이나 다들 충실히 따르는 편이었다.

불만을 표하는 선수 따위는 있을 수가 없었다. 아무도 감히 그런 마음을 품지 못했다. 서문엽의 권위는 그 정도였다.

"이거 골치 아프군."

하지만 로이 마이어는 포기할 생각이 없었다.

그도 최고가 되지 않고는 직성이 풀리지 않은 성격이었다.

월드컵 4강이라면 영국 통합 대표 팀으로서는 상당히 만족스러운 성적표였다. 목표는 우승이지만 그것은 이상일 뿐, 실질적으로는 영국이 배틀필드에서 더 이상 약체가 아님을 세계 대회에서 증명하는 것이 목적이었다.

하지만 로이 마이어는 그 정도로 만족할 수 있는 사람이 아니었다.

'이기겠다. 어떻게든 이기고 최고가 되겠어.'

로이 마이어는 투지에 불타올랐다.

                    *   *   *

〈월드컵 대표 팀 4강 진출 성공, 서문엽 올 킬〉
〈한국 대표 팀, 피에트로 없이도 이탈리아 상대로 완승〉
〈명실상부한 최강자로 자리매김한 서문엽〉

피에트로 아넬라의 결장에 대한 논란은 없었다.

이탈리아를 꺾고 4강 진출이라는 쾌거를 올렸는데, 나라 전체가 축제일 때 찬물을 끼얹는 기사를 쓰는 언론은 없었다.

관심은 서문엽이 모두 가져갔다.

목적대로 서문엽은 압도적인 활약을 펼쳐서 피에트로 아넬라에 대해 궁금해할 틈도 주지 않았다.

이제 서문엽은 이번 월드컵 MVP가 확실시되고 있었고, 한국은 우승 후보로 급부상하였다.

이미 조별 리그에서 미국도 꺾은 바 있으니 틀린 말이 아니었다.

하지만 서문엽은 월드컵보다는 피에트로의 일에 관심이 쏠려 있었다.

"아직 소식은 없는 거야?"

—네. 아무래도 아직 첫 번째 상급 사제를 찾고 있는 게 아닐까 싶어요.

핸드폰 너머로 여왕의 목소리가 들렸다.

"어디 있는지 알아냈으니까 보낸 것 아니었어? 왜 하루 종일 못 찾아?"

—첫 번째 상급 사제를 따르던 사제들의 제보를 받았을 뿐이에요. 하지만 결정적인 제보였으니 첫 번째 상급 사제의 행적을 쫓을 수 있을 거예요. 아직까지 소식이 없는 것이 증거

예요. 추적에 실패했거나 위험에 처했더라면 금방 돌아왔을 거예요.

"그야 그렇겠군. 위험하더라도 도망칠 능력은 충분할 테니까."

피에트로는 얼마 전에 다섯째 상급 사제의 사령을 불러 흡수하면서 더 강해졌다.

거기에 타락한 대사제는 제자이니, 자기가 가르친 제자에게 패하지는 않을 거라는 생각이 들었다.

'물론 서약이 조금 걸리지만.'

—서약: 먼 시공 너머에 있는 어떤 존재에게 영혼을 저당 잡힌 충성을 맹세하고, 대가로 한계를 뛰어넘은 오러를 얻는다.

타락한 대사제가 가진 초능력 중 '서약'은 서문엽도 어떠한 확신도 할 수 없는 신비한 것이었다.

이미 '서약'의 효과 덕에 한계를 뛰어넘어 245/188이라는 오러양을 손에 넣은 타락한 대사제였다.

그런데 문제는 그 '서약'의 효과가 그걸로 끝인지 알 수 없었다.

먼 시공 너머에 있는 어떤 존재, 즉 왕이 힘을 더 보내주어서 보다 강해질 수 있는 게 아닐지 걱정되었다.

피에트로의 수완은 경이롭지만, 왕이라 자칭하는 예언의 괴물도 한계를 알 수 없는 존재였으니까.

여왕과 통화를 마친 서문엽은 곰곰이 생각하다가 고개를
휘휘 저었다.

'어차피 지금 내가 고민한다고 할 수 있는 건 없지. 그냥 수
련이나 하자.'

서문엽은 눈을 감았다.

정신력 수행 삼아서 영령계에 다시 한번 가볼 생각이었다.

영령계로 인도해 주었던 피에트로가 없지만, 이제는 혼자서
도 갈 수 있을 것 같았다.

영령계에 한 번 가보고 나니, 그냥 가능할 것 같은 확신이
들었다.

'태초의 빛을 한 번 더 만나보자. 나 자신을 던지라는 말 외
에 또 다른 말이 있는지 만나봐야지.'

*   *   *

파앗!

공간 이동으로 누군가가 나타났다.

나타난 이는 피에트로였다.

첫 번째 상급 사제의 미세한 흔적을 발견하여 추적한 끝에
도착한 곳이 바로 여기였다.

정확히는 첫 번째 상급 사제의 흔적이 아니었다. 아직까지

도 그를 추종하는 몇 안 되는 사제들이 남긴 흔적이었다.

'주변인들이 이동 흔적을 지우는 데 신경 쓰지 못한 걸 보니, 그럴 경황도 정신적 여유도 없는 모양이구나.'

그리 확신하며 피에트로는 작은 오러 한 점을 손가락으로 뽑어 공중에 띄웠다.

파아아아앗!

오러는 밝은 빛이 되어 사방에 퍼져 나갔다.

빛 한 점 없이 어두컴컴했던 공간에 빛이 비춰지면서 주변의 모습이 드러났다.

어떤 거대한 건축물이었던 것으로 추정되는 흉물스러운 폐허가 드러났다.

본래 형체도 알 수 없을 정도로 철저히 파괴된 건축물은 그저 산처럼 쌓인 잔해만 보일 뿐이었다.

까마득히 쌓인 잔해로 보아 본래 건축물의 규모가 상당했음을 추정할 수 있었다.

피에트로는 잔해를 하나하나 살폈다.

아예 가루로 부서지지는 않았으니 작은 조각에서도 건축 양식을 추정할 단서를 찾을 수 있기 때문이었다.

'상당히 고대의 양식이다. 규모로 보면 능(陵)이군.'

조각들을 주변 잔해의 다른 조각과 대조해 보며 피에트로의 머릿속에서 거대한 퍼즐이 맞춰지고 있었다.

대강 짐작하기로, 이곳은 제정 시대의 어느 황제의 무덤.

즉 '능'이었다.

버려진 세계에서 살았던 시대에는 여러 왕이 서로 전쟁을 벌였던 것으로 추정된다.

그러다가 버려진 세계를 떠나고 난 후에는 전쟁이 종결됐는데, 새로운 지도자가 황제를 칭하며 기존에 '왕'들을 따랐던 세력을 모두 복속시켰다.

그 뒤로는 황제가 통치하는 제정 시대가 열렸는데, 이곳은 그 시절 어느 황제의 능이었다.

만인릉 황제 이후로 혼란기가 찾아오고, 그 뒤에 대사제를 중심으로 지저 사회가 재편됐다. 황제라는 칭호도 사라지고 대신 통치자는 다시 왕으로 격하되었다.

즉, 이곳은 적어도 만인릉보다 오래된 무덤이었다.

피에트로는 머릿속에 있는 방대한 지식을 떠올리며 잔해들을 추정해 나갔다.

그런데 그때였다.

—오셨습니까.

첫 번째 상급 사제의 음성이 들렸다.

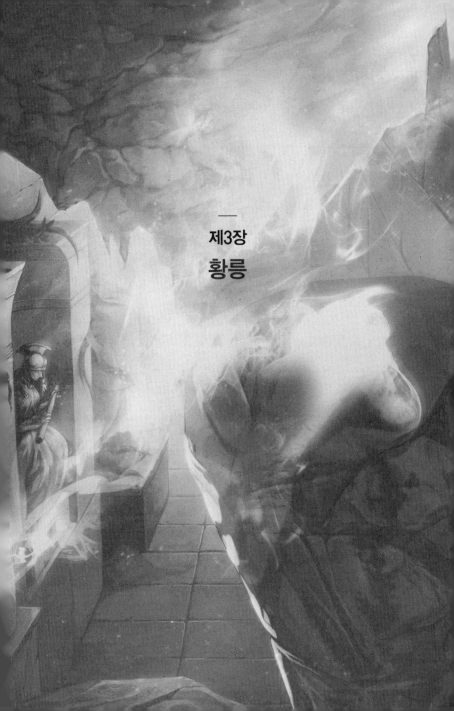

제3장

황릉

언어 전달이 고급스러웠다.

말을 전달하되 어디서 말을 건넨 것인지는 모르도록 방향을 교란시켰다.

하지만 피에트로는 곧장 좌측으로 고개를 돌렸다. 조금의 혼란도 느끼지 않고 바로 방향을 추적해 낸 것이다.

아니나 다를까, 그곳의 잔해 뒤에서 기척을 죽이고 숨어 있던 이가 모습을 드러냈다.

첫 번째 상급 사제.

왕에게 영혼을 바친 타락한 대사제였다.

─오랜만입니다, 대사제님.

—오랜만이구나. 다른 이들이 안 보이는구나.

—제가 묻고 싶은 말입니다. 혼자 오셨습니까? 그 인간은 안 보이는군요.

첫 번째 상급 사제의 눈빛에 살의가 희번덕거렸다. 서문엽 없이 혼자서 감당할 수 있겠냐는 투였다.

—난 불필요한 일을 하지 않는다.

피에트로는 덤덤히 대꾸했다.

첫 번째 상급 사제와 일대일로 대치하고 있는 상황.

하지만 피에트로는 겉으로 보이는 상황을 믿지 않았다. 첫 번째 상급 사제는 무언가 준비를 했을 것이다.

—준비한 것을 다 꺼내보아라. 죽기 전에 미련은 없어야지.

피에트로의 말에 첫 번째 상급 사제는 껄껄 웃었다.

—하하, 역시 대사제님다우십니다. 추한 인간의 몸뚱이를 쓰고 있으면서도 여전히 오만하시니.

첫 번째 상급 사제는 대검 두 자루를 꺼냈다.

역시나 '전사의 기억'으로 만인릉 황제의 검술을 펼칠 요량이었다.

피에트로가 말했다.

—5명이 더 있을 텐데, 그들도 어서 할 일을 마치고 오라고 하여라.

그 말에 첫 번째 상급 사제는 흠칫했다. 피에트로가 전부 꿰뚫고 있었기 때문이다.

—여기까지 네가 미처 지우지 못한 이동 흔적이 남아 있어서 쫓아올 수 있었다. 그것은 네가 심리적으로도 궁지에 몰렸다는 징조였지.

피에트로의 말이 이어졌다.

—더 이상 도망 다니면서는 버틸 수가 없다고 생각했지? 그래서 이곳으로 유인한 게 아니냐. 여기서 승부를 보겠다고 준비를 했는데, 서문업 없이 나 혼자 올 줄은 몰랐나 보군. 내가 너무 빨리 와버리는 바람에 준비가 덜 됐어.

첫 번째 상급 사제는 표정이 굳었다.

전부 다 간파하고 있었다. 옛날 그의 제자로 가르침을 받던 시절이 떠올랐다. 그때도 그는 자신을 손바닥 위에 올려놓고 보듯 했으니까.

—그래서 기다려 주겠다는 거다. 아직 덜 됐나?

피에트로는 다 알고 있음에도 오히려 시간을 주고 있었다.

죽기 전에 할 수 있는 발악은 다 해보라는 오만.

첫 번째 상급 사제는 불쾌감을 억누르며 입을 열었다.

—이곳이 어딘지 아십니까?

—시간이 더 필요한가 보군. 좋다, 더 말상대가 되어주지. 여긴 황릉 같기는 한데 더 유추할 수 있는 것이 보이지 않는다.

—지혜가 많이 무뎌지셨군요. 아니면 제게 신경이 쏠리셔서 이 유적에 대해 생각해 볼 시간이 부족했습니까?

—후자로 해두지. 넌 안단 말이냐?

―예, 충분히 알 수 있고말고요.

첫 번째 상급 사제는 대검을 든 두 팔을 활짝 펼쳤다.

―이 폐허를 보십시오. 누가 감히 전대 황제가 잠든 이곳을 파괴했을까요? 왜? 그리고 파괴를 했으면서 왜 공간은 붕괴시키지 않고 유지되고 있는 걸까요?

그 말에 피에트로도 흥미가 생겼다.

첫 번째 상급 사제가 무엇을 발견한 것인지 궁금했다.

'버려진 세계를 찾다가 이곳에 도달한 것일 텐데, 그렇다면……'

피에트로는 조금 생각을 해보다가 눈을 크게 떴다.

―초대 황제?

―흐흐, 과연. 이제야 지혜가 돌아오셨습니까?

피에트로는 비로소 이곳이 어딘지 깨달았다.

파괴할 거면 건물이 아니라 아예 이곳 공간 자체를 붕괴시켜 버리면 된다. 시공을 유지하고 있는 마력석만 모두 부수면 서문엽에 의해 몰락한 성역처럼 붕괴된다.

그러지 못한 이유는 이 무덤의 주인이 시공을 유지시키고 있는 장치에 강력한 보호를 씌웠기 때문이리라.

보호 관리되고 있는 황릉을 파괴한다는 것은 소수의 범죄 세력이 할 수 있는 짓이 아니었다. 후대의 사회 전체가 결정했다고 봐야 하는 일이었다.

그럼에도 붕괴시키지 못할 정도로 강력한 보호 조치?

'버려진 세계를 떠나 새로운 세계를 열었던 초대 황제만이 가능한 일이지.'

초대 황제라고 추측한 단서는 또 있었다.

황릉을 파괴해야 했던 이유.

그것은 아무리 생각해 봐도 답이 하나밖에 없다.

바로 만인릉 황제가 한 일이다.

누군가가 유적에 새겨진 버려진 세계의 단서를 발견하고는 문을 열어버렸다.

그 바람에 버려진 세계에서 끔찍한 괴물 군단이 넘어와 환란을 일으켰고, 만인릉 황제에 의해 진압되었다.

그 후로 만인릉 황제는 버려진 세계에 대한 단서가 기록된 유적을 없앴다.

바로 그 유적이 초대 황릉이라면 앞뒤가 맞아떨어진다.

버려진 세계와 새로운 세계를 잇는 전설의 통치자였던 초대 황제의 무덤이라면 버려진 세계에 대한 기록이 있는 게 당연하니까.

첫 번째 상급 사제는 이곳을 발견했지만, 쫓기고 있는 처지라서 파괴된 잔해를 복원하며 조사할 시간이 없었다. 그렇기에 여기서 싸워 결판을 낸 후에 여유를 갖고 천천히 이곳을 조사할 생각이었던 것이다.

'나는 만인릉 황제에게 직접 이야기를 들었으니 안다지만, 첫 번째도 정말 많은 조사를 했나 보구나.'

온갖 사료(史料)를 찾아다니며 연구하고 준비했을 것이다.

광기 어린 노력이다.

그리고 여기까지 도달할 정도로 고대사를 연구했음에도, 아직 누가 자신을 조종하고 있는 것인지도 모르는 모습을 보면 필시……

―정신적으로 많이 무너졌구나.

피에트로의 말에 첫 번째 상급 사제가 흠칫했다.

피에트로의 말이 이어졌다.

―네게 어떤 일이 일어났는지 알겠군. 영령계에 가봤나? 더 이상 깊이까지 못 가겠지?

―그것은……

첫 번째 상급 사제의 눈빛이 지진이 일어난 것처럼 흔들렸다.

―그 절망감을 나는 알고 있지. 나도 겪어봤던 일이니까.

―그것은 당신의 간교한 거짓말 때문에……!

―여기까지 오면서 알게 된 사실을 스스로 부정하고 있기 때문이다. 모든 게 다 허사가 되고 절망밖에 없다는 것을 부정하려고 하니 정신이 쇠약해지는 수밖에.

―그것은 당신 때문이다!

버럭 소리 지르며 첫 번째 상급 사제가 오러를 끌어 올렸다.

그오오오오.

막대한 오러가 올라와 타오르듯이 온몸에 둘러졌다.

―이제 준비가 끝났나 보구나.

피에트로의 물음에 첫 번째 상급 사제는 낄낄거렸다.

—기다려 주신 덕분에 말이죠. 당신은 살아생전처럼 또다시 스스로의 오만함으로 일을 그르칠 것이다.

말이 끝나기가 무섭게.

파아앗!

강렬한 오러의 파동이 초대 황릉 폐허가 존재하는 시공간을 전부 감싸 버렸다.

결계.

외부로부터의 공간 이동을 차단하는 장치였다.

더불어 안에서도 밖으로 공간 이동으로 빠져나갈 수 없게 만드는 조치이기도 했다.

보이지 않는 5명의 사제가 한 일이리라.

—이제 도망 못 갑니다.

첫 번째 상급 사제가 의기양양해졌다.

—그래, 그렇구나.

피에트로는 그들이 무엇을 준비했는지 확인했음에도 여전히 감정의 변화가 없었다.

이미 다 알고 있었기 때문이다.

알면서도 기다려 준 것은 그냥 오만하기 때문이 아니었다.

—너희는 이제 도망 못 가는구나.

피에트로가 내린 결론.

더 이상 첫 번째 상급 사제 일당을 살려 보낼 생각이 없었다. 여기서 끝장을 볼 계획이었다. 결계는 피에트로는 물론 첫 번째 상급 사제 일행에게도 적용되니 말이다.

―푸하하하! 그런 생각이셨습니까?

첫 번째 상급 사제가 광소를 터뜨렸다.

한때 대사제였으나 지금은 인간의 육신을 하고 있을 정도로 타락한 자가, 아직도 저리도 오만한 것이 우스웠던 것이다.

―그따위 몸을 하고도 우리를 이길 수 있다고 생각하셨단 말입니까? 얼마나 부질없는 만용이란 말입니까?

팟! 팟! 팟! 팟! 팟!

5명의 사제들이 일제히 공간 이동을 해서 나타났다.

외부로 공간 이동을 할 수는 없지만, 내부에서는 얼마든지 가능했다.

피에트로는 그들의 공간 이동에 간섭하려 했지만 실패하고는 의아함을 느꼈다.

5명의 사제는 다들 마법진 위에 서 있었다.

외부의 간섭을 막는 마법진인데 그것 때문에 피에트로가 자신의 특기인 공간 이동 간섭에 실패했다.

그러한 작은 마법진이 곳곳에 새겨져 있었다.

마법진과 마법진을 징검다리처럼 오가며 공간 이동을 펼칠 생각인 듯했다.

피에트로의 주특기에 대비해서 철저히 준비한 것이다.

―봤습니까? 전 여기서 기필코 당신을 처치할 생각입니다.

—잘 준비했군.

피에트로는 이것까지는 미처 예상 못 했음을 인정했다.

하지만 피에트로라고 아무 생각 없이 무작정 이곳에 온 것은 아니었다.

　—이제는 내 차례인가?

　—무슨?

　—인사를 시켜주지.

피에트로는 셔츠를 벗어 상반신을 드러냈다.

상체를 가득 채운 문신이 기괴해 보였다.

그런데 그 문신이 추측하기도 힘든 고도의 술식을 의미하는 패턴을 띠고 있음을 깨닫고는 첫 번째 상급 사제의 안색이 변했다.

피에트로의 수법이 옛날보다 훨씬 발전했음을 깨닫게 되어서 놀랐고, 그 문신 안에서 무언가 다른 영혼이 존재한다는 것을 어렴풋이 느껴서 또 놀랐다.

　—그, 그게 무슨…….

　—인사하겠느냐?

꿈틀꿈틀.

문신이 피부에서 벗어나 밖으로 튀어나왔다가 다시 원상복귀 되기를 반복했다.

그물 속에 갇힌 물고기가 날뛰는 것 같은 모양새였다.

　—어떻게 하나의 육체에 두 영혼이…….

첫 번째 상급 사제는 기절할 것만 같았다.

누구나 육체의 그릇은 한정되어 있었다. 그곳에 두 명의 영혼이 들어가면 넘칠 수밖에 없다.

그런데 피에트로는 저 문신을 새겨서 그릇을 임시로 확장시킨 것이다.

한 번 죽고 사령이 되었으면서도 저런 천재적인 발상을 한 것에 놀랐다. 그걸 실현시킨 기술력도 경이로웠다.

문제는 저 또 다른 영혼이 누구냐다.

그런데 그때, 피에트로가 작은 마법진을 생성시켜서 공중에 띄웠다.

작은 마법진을 통해 어떤 목소리가 울려 퍼졌다.

─첫 번째······.

첫 번째 상급 사제는 숨이 멎을 것 같은 충격을 받았다.

잘 알고 있는 목소리였다.

첫 번째 상급 사제는 고개를 저었다. 이 사실을 부정하고 싶었다.

─거짓말이다! 또다시 거짓말로 날 약하게 만들려고 술수를 부리는 것인가!

─첫 번째······.

또다시 들리는 익숙한 목소리.

─우리가··· 틀렸다··· 모든 게··· 잘못된······.

─닥쳐라, 다섯째!

첫 번째 상급 사제가 버럭 소리 질렀다.

그 말에 다른 5인의 사제들도 화들짝 놀랐다.

다섯째 상급 사제는 그들과 함께하며 대업을 돕던 중심인물이었다. 그런 이의 사령이 피에트로와 함께 있는 것이다.

―어째서 그런 자에게 붙어 있느냐!

첫 번째 상급 사제가 외쳤다.

극심한 배신감이 들었다.

마음속 깊은 곳에 묻어놓았던 불안감이 스멀스멀 깨어났다.

혹시 내가 잘못된 것인가.

내가 태초의 빛을 가장한 어떤 사악한 존재에게 속은 것인가.

―서론이 길었나. 이만 시작하지.

파파파파파파파파파팟!

피에트로가 22개의 마법진을 허공에 수놓았다.

오러가 해일처럼 몰아치기 시작했다.

얼마 전에 싸웠을 때와 달리 강대한 힘을 드러낸 피에트로는 살아생전의 모습을 연상케 했다.

―어, 어떻게 저런 힘을!

―더 이상 대사제도 아니면서…….

사제들이 겁에 질렸다.

본래 힘을 많이 잃은 사령이면서도, 그것도 인간의 몸으로 저런 강대한 오러를 가진 이유는 하나밖에 없었다. 다섯째 상급 사제를 받아들이면서 그 힘을 흡수한 것.

―다섯째! 정녕 날 배신하는 것이냐!

첫 번째 상급 사제가 소리 질렀다.

피에트로와 한 몸에 붙어 있는 다섯째 상급 사제를 떼어내면 저 힘을 반감시킬 수 있다.

하지만 다섯째 상급 사제의 사령은 그 말에 반응하지 않았다.

오히려 그의 존재 때문에 첫 번째 상급 사제가 더 정신적으로 무너질 판이었다.

*   *   *

공전절후의 격전이었다.

5명의 사제들은 자신들이 어떻게 이 싸움에 끼어야 하는지조차 감이 오지 않았다.

한 명은 지저 문명 역사상 가장 탁월한 오러 운용을 펼치고 있었고, 또 한 명은 말도 안 되는 오러양으로 파괴력을 내고 있었다.

피에트로와 첫 번째 상급 사제의 싸움은 치열하게 전개 중이었다.

파파파파팟!

마법진 6개가 새롭게 생겨났다.

첫 번째 상급 사제는 의아한 표정이 되었다.

'못 보던 형태인데?'

피에트로의 수법에 대해 가장 잘 아는 이가 바로 그의 수제자였던 첫 번째 상급 사제다. 마법진을 어느 정도 흉내까지 낼 정도로 잘 안다고 자부한다.

하지만 지금 나타난 마법진은 처음 보는 종류의 것이었다.

6개의 마법진은 서로 겹쳐졌고, 안에 새겨진 패턴들이 서로 무질서하게 엉키지 않고 퍼즐 조각처럼 딱 맞아떨어졌다.

그 절묘한 조화에 소름이 끼쳤다.

저 추락한 천재는 인간이 되더니만 새로운 경지에 올라섰다.

'일단 부순다!'

첫 번째 상급 사제의 판단은 단순했다. 넘치는 오러에서 나오는 자신감이었다.

그러나 첫 번째 상급 사제는 저 마법진이 어떤 용도로 발명된 것인지 미처 몰랐다.

촤라라라락!

서로 연결된 6개의 마법진이 첫 번째 상급 사제를 둘러쌌다.

기하학적인 패턴들이 탄성을 갖고 늘어나 첫 번째 상급 사제의 몸을 칭칭 휘감았다.

비로소 첫 번째 상급 사제는 이것이 그물이라는 것을 깨달았다.

'이런 게 가능했다고?!'

격렬하게 몸부림치며 두 자루의 대검을 마구 휘둘렀다.

콰드득! 콰지지직!

강제로 그물을 찢어발겼지만, 그물은 생각보다 훨씬 질겼다. 애당초 세상에서 가장 오래된 괴물 중의 괴물을 붙잡기 위해 만든 수법이니 당연했다.

—크아아아아!

첫 번째 상급 사제는 상처 입은 짐승처럼 포효하며 그물에서 빠져나가려고 버둥거렸다.

간신히 그물을 찢고 빈틈을 만들어 곧장 빠져나갔다.

거대한 괴물을 상대하려고 만들다 보니 지저인을 상대로는 그물이 성겼다.

그사이에 다른 사제들이 일제히 피에트로를 공격했다.

저마다 오러를 찰흙처럼 빚어서 다양한 형태를 만들어 쏘아 보냈다.

그러나 모두 마법진에 막혀 버렸다.

피에트로는 곧장 다른 사령들을 소환했다.

마법진에서 쏟아져 나오는 사령들이 사제들과 첫 번째 상급 사제를 노렸다.

—키히히히.

—너도 죽어야 한다.

—너희도 이리 오너라, 죄인들아.

사령들이 날뛰었다.

이를 악문 첫 번째 상급 사제는 두 자루의 대검을 교차하고는 십자(十字) 모양의 오러를 마구 뿜어냈다.

콰르르르릉!

콰콰콰콰쾅!

—끄아악!

—원통하다!

—저 녀석을 데려가야 하는데!

십자 오러가 공중에 마구 수놓아지며 사령들을 쓸어버렸다.

사령들을 정리하자, 첫 번째 상급 사제는 돌연 두 자루의 대검을 버렸다.

'응?'

피에트로는 의아해졌다.

첫 번째 상급 사제가 전사의 기억으로 흉내 낼 수 있는 최고의 전사는 만인릉 황제였다.

그런데 대검을 버리다니, 다른 흉내 낼 전사가 또 있단 말인가?

그런데 첫 번째 상급 사제의 두 손에서 오러로 된 창과 방패가 나타났다.

1.8m의 짧은 창 길이와 작고 둥그런 방패는 그가 잘 아는 어떤 인간을 연상케 했다.

—전사의 기억: 실제로 본 적이 있었던 전사의 무예를 똑같이 재현한다.

첫 번째 상급 사제가 실제로 본 적이 있었던 전사의 무예.

그 모방 대상은 지저인만이 아니었다. 인간도 모방할 수 있다.

첫 번째 상급 사제는 놀란 피에트로를 향해 씨익 웃었다.

―어디서 많이 본 모습이지요?

그랬다.

첫 번째 상급 사제는 바로 서문엽을 재현한 것이었다.

서문엽과 흡사한 자세를 취하고 피에트로에게 달려드는 첫 번째 상급 사제.

그대로 피에트로를 향해 냅다 오러 창을 던졌다.

오러로 만든 창은 쏜살같이 날아갔다.

서문엽의 '던지기'만큼이나 위협적이었다.

오러였기 때문에 오히려 서문엽의 투창보다 훨씬 빠르게 날아갔다.

쐐애애액!

콰르릉!

피에트로는 창을 던지려는 자세를 보자마자 공간 이동을 썼다. 덕분에 아슬아슬하게 피할 수 있었다.

'큰일 날 뻔했군.'

본래 서문엽의 투창 동작은 준비 자세 없이 바로 창을 던져 버리기 때문에 알아차리기 힘들다. 피에트로는 다행히 서문엽을 늘 봐왔기 때문에 알 수 있었다.

'까다로운 짓을 하는군.'

첫 번째 상급 사제는 자신의 수제자다웠다.

자신이 꺼려하는 짓을 골라서 하고 있으니까.

첫 번째 상급 사제가 재현하는 서문엽의 전투 스타일은 극한의 스피드를 활용하는 지금의 개량된 스타일이 아니었다.

그 이전, 그러니까 성역에서도 본 적 있었던 기존의 스타일이었다.

피에트로에게는 그것이 더 성가셨다.

서문엽의 기존 스타일은 페인트가 많아서 상대에게 착란을 주기 때문이다.

첫 번째 상급 사제는 오러 창을 또 만들어서 던지는 척하다 곧장 달려들었다.

창을 쥐는 그립을 찌르기 자세로 전환한 후에 그대로 돌격!

파파파파파팟!

속박 마법진을 더 만들었다.

거대한 그물이 첫 번째 상급 사제를 덮쳤다.

그물을 피해 방향을 돌려 달아나면서, 첫 번째 상급 사제는 그대로 창을 던졌다.

쉬이이익!!

오러 창이 그물의 틈새를 통과하여 피에트로에게 날아들었다.

'큭!'

역시나 성가신 스타일이다. 피에트로는 다시 공간 이동으로
피했다.

첫 번째 상급 사제는 불리했던 싸움의 균형이 맞춰지자 회
심의 미소를 지었다.

'역시 이게 먹혔구나.'

성역이 붕괴될 때, 스승을 몰락시킨 장본인이 인간 서문엽
이라는 것에서 떠올린 발상이었다.

물론 그때는 7명의 인간이 협력해서 간신히 이긴 것이지만,
어쨌든 스승이 꺼려할 거라고 생각했다.

한참을 싸우다가 피에트로는 고개를 저었다.

─되도록 온전히 제압하려 했는데 안 되겠군.

피에트로는 태도를 바꿨다.

그물을 사용하지 않고, 대신 모든 마법진을 영령을 소환하
는 용도로 바꿨다.

사령이 아닌 영령.

난폭하기로는 사령이 더하지만, 고절한 영령만큼 강력하지
는 못하다.

그동안 영령계에서 선조들에게 신뢰를 회복한 피에트로는
자신의 최고 필살기를 온전하게 펼칠 수 있었다.

피에트로는 첫 번째 상급 사제를 되도록 죽이지 않고 포획
하고 싶었다. 처치한다고 예언의 환란을 피해갈 수 있는 것인
지 찜찜한 의문이 들었기 때문이다.

하지만 첫 번째 상급 사제는 그렇게 봐줘가면서 이길 수 있는 상대가 아니었다.

이제 제압에서 파괴로 목적을 바꾼 채로, 진심으로 싸움에 임하기로 했다.

파파파파파파팟!

마법진들이 영령들을 소환했다.

소환되어서 오러를 육체 삼아 깃든 영령들은 지금껏 날뛰었던 사령들과는 기품부터가 달랐다.

피에트로가 온 힘을 담아 소환한 영령들이 전장의 판도를 뒤바꾸었다.

―저런 힘이라니!

―예, 예전의 모습 그대로야!

―선조들께서 전 대사제님의 편을 들고 계셔!

사제들은 피에트로가 펼친 웅장한 비술에 겁을 먹었다. 영령들은 그들이 존경하는 선조들이었기 때문에 투지가 꺾이는 수밖에 없었다.

그러자 첫 번째 상급 사제가 오러 창을 던져 영령들을 하나씩 처치하며 소리쳤다.

―겁먹지 마라! 하나씩 처리해!

첫 번째 상급 사제가 계속 독려하자 사제들도 어쩔 수 없이 싸웠다.

공간 이동으로 피해 다니며 오러를 쏴서 하나씩 격추시킨다.

하지만 그렇게 간단한 이야기가 아니었다.

피에트로도 예전의 그가 아니었던 것이다.

피에트로는 섬세하게 영령들을 컨트롤했다.

중요한 위치에 있거나 공격을 받는 영령에게 오러를 더 보태 힘을 실어주는 방식으로 싸움을 지휘했다. 오케스트라를 지휘하는 마에스트로처럼 말이다.

—으아아악!

마침내 사제 한 명이 죽었다.

영령들에 의해 둘러싸여서 공간 이동을 펼치기도 전에 목숨을 잃었다.

싸움의 균형이 깨진 순간이었다.

피에트로가 영령들을 맹렬하게 지휘했다.

폭풍처럼 전장을 휩쓴다.

—크아악!

또 한 명이 죽는다.

두 명째가 죽자, 동요한 사제 하나가 공간 이동을 실수했다.

외부의 개입을 차단하는 마법진에서 벗어난 좌표로 공간 이동을 쓴 것이다.

피에트로는 이를 놓치지 않았다.

까닥.

손가락을 흔들며 사제의 공간 이동을 조작했다.

파앗!

사제는 피에트로의 코앞에 나타났다.

지척에서 눈이 마주치자 사제는 기겁을 했다.

덥석!

피에트로는 사제의 머리에 손을 얹었다.

손에서 오러가 흘러나와 사제에게 스며들었다.

—끄아아아악!

사제는 고통에 몸부림쳤다.

이윽고 손을 떼자.

연기처럼 희미한 무언가가 함께 딸려 나왔다.

그것은 사제의 영혼이었다.

강제로 육신에서 영혼을 뽑아버린 것이다.

피에트로는 영혼을 놔주었다.

허공을 떠돌던 영혼은 어디론가 사라져 버렸다.

—어디로든 가거라. 영령이 되건 사령이 되건.

다른 사제들이나 첫 번째 상급 사제나 그 광경을 보고 오싹함을 느꼈다.

마치 신이 된 것처럼 영혼을 자유자재로 다루는 모습은 섬뜩하기 이를 데 없었다.

—이 잔학한 놈! 그분의 뜻을 받들어 대업을 달성하려는 우리를 그토록 잔인하게 박해하느냐!

첫 번째 상급 사제가 고함을 지르며 오러 창을 던졌다.

피에트로는 공간 이동으로 피해낸 후에 답했다.

—네가 말한 '그분'이 누구인지 잘 생각해 보라고 누누이 말했을 터다.

—닥쳐! 또 그 간교한 혓바닥을!

—말로 해서 소용없다는 것은 이미 안다. 이제 끝을 보겠다.

피에트로의 말이 끝나기가 무섭게, 영령들이 더욱 격렬하게 날뛰었다.

영령들은 남은 2명의 사제부터 노렸다.

—으아아악!

—아악!

사제들은 영령들의 공격에 견뎌낼 재간 없이 죽었다.

이제 남은 것은 첫 번째 상급 사제 한 사람뿐이었다.

첫 번째 상급 사제는 오러 창과 오러 방패를 없애고, 다시 오러로 대검 두 자루를 만들었다.

다시 만인롱 황제 모드로 변환한 것이다. 다수의 영령들을 상대할 때는 이게 더 좋다고 판단했다.

이윽고 영령들이 쏟아졌다.

—크아아아!

첫 번째 상급 사제는 노호성을 터뜨리며 대검을 휘둘렀다.

폭발음이 연신 울려 퍼졌다.

영령들이 십자 오러에 쓸려 나갔고, 첫 번째 상급 사제도 자신에게 도달한 일부 영령에게 공격받아 상처를 입었다.

피에트로도 진땀을 흘리며 싸움에 집중했다.

그리고 마침내 결말이 찾아왔다.

―커헉!

첫 번째 상급 사제가 비틀거렸다.

한 번 주춤하자 다른 영령들도 계속 그를 공격했다.

만신창이가 되었다.

―태초의 빛이시여…….

털썩 주저앉은 첫 번째 상급 사제는 다시 일어나려고 기를
썼다.

―제게 힘을. 제발 제게 응답을…….

그러나 응답은 없었다.

첫 번째 상급 사제는 앞으로 고꾸라졌다.

그의 생명의 불꽃이 빠르게 꺼져가고 있었다.

'지금부터다!'

승리했지만 피에트로는 마음을 놓지 않았다. 아직 싸움은
끝나지 않았기 때문이었다.

파앗! 파앗! 팟!

속박 마법진을 계속 만들어 쓰러진 첫 번째 상급 사제를
둘러쌌다.

그물로 몇 번이고 휘감고 또 휘감았다.

빈틈없이 꽁꽁 휘감아서 첫 번째 상급 사제의 영혼을 봉인
시키고자 했다.

'첫 번째는 왕의 선택을 받았다. 그것은 즉 영혼을 저당 잡

했다는 것.'

이대로 첫 번째 상급 사제가 죽은 후에 영혼이 사령계로 흘러가면, 그 영혼은 왕의 손에 들어가게 된다.

저당 잡힌 영혼은 본능처럼 자신의 주인을 향해 흘러가게 되니까.

그러니 지금 이 자리에서 영혼을 봉인해 버릴 심산이었다.

영령계 혹은 사령계가 아니라면 시공 저편에 있는 왕이 개입할 방법이 없기 때문이다.

피에트로는 처음부터 철두철미하게 모든 위험을 사전에 방지하려는 심산이었던 것이다. 그래서 되도록 죽이지 않고 제압하고 싶었고 말이다.

*   *   *

첫 번째 상급 사제의 영혼을 육신과 함께 꽁꽁 봉인하는 피에트로.

첫 번째 상급 사제의 시신은 오러의 그물로 빈틈없이 둘러싸여 고치와도 같은 상태가 되었다.

그럼에도 피에트로는 안심하지 않았다.

품속에서 마력석 몇 개를 꺼냈다.

그것을 초대 황릉 폐허 곳곳에 박아 넣고 새로운 결계를 설치하기 시작했다.

—으아아!

별안간 비명 소리가 울려 퍼졌다.

—놔줘! 날 놔두란 말이야!

비명을 지르는 영혼.

바로 죽은 첫 번째 상급 사제였다.

이제 막 죽음의 충격에서 깨어나 정신을 차린 듯했다.

그는 꼼짝없이 봉인된 상태라는 것을 깨닫고는 비명을 지르고 있었다.

—당신입니까? 당신이 절 이렇게 붙들어놓고 있는 겁니까?

—그렇다.

피에트로가 대꾸하자 첫 번째 상급 사제의 절규가 더욱 커졌다.

—제가 당신에게 그랬듯 똑같이 사령 언데드로 만들겠다는 겁니까? 복수를 하겠다는 겁니까? 이렇게까지!

—복수가 아니다.

—그럼 날 놔주십시오. 전 영령이 될 겁니다.

—어리석은 녀석.

피에트로는 한숨이 나왔다.

대체로 무감정한 피에트로였지만, 한때 아들처럼 여겼던 수제자가 죽은 뒤에도 정신을 못 차리는 걸 보니 답답했다.

자신을 가장 많이 닮았던 영특한 녀석이었기에 더욱 안타까웠다.

—날 놔달란 말이야!

첫 번째 상급 사제는 답답해했다.

누군가가 자신을 부르고 있었다.

자신을 부르는 이에게로 가야 한다는 생각이 무럭무럭 들었다.

그런데 이렇게 여기에 붙잡혀 있으니 답답하기 짝이 없었다.

—위대한 분께서 절 부르고 계십니다. 제발 절 놔주십시오!

—멍청한 소리 그만해라. 그자는 태초의 빛이 아니야.

—아직도 그런 말을!

피에트로는 상관하지 않고 결계를 완성했다.

'이 정도로 했으면 최소한 내가 우려한 상황은 안 나오겠지.'

하지만 안심이 들지 않았다.

예언이 이루어지지 않았던 적은 지금까지 한 번도 없었기 때문이다.

내가 무언가 착각을 한 게 아닌지, 피에트로는 끊임없이 의심이 들 수밖에 없었다.

—으아아아아! 날 놔달란 말이야!

계속 절규하는 첫 번째 상급 사제의 목소리를 듣는 것도 거북스러웠다.

하지만 피에트로는 일단 이곳에서 계속 있기로 했다.

'한동안은 지켜봐야겠다.'

지상에서는 월드컵이 한창 진행 중이지만 피에트로는 그런 일에 전혀 관심이 없었다.

피에트로는 이곳에서 꽤 오래 있을 생각을 하고 일단 자리에 앉았다.

눈을 감고 집중했다.

혹시라도 누군가가 자신의 봉인에 침입하는지를 감지하기 위하여.

＊　　　＊　　　＊

첫 번째 상급 사제는 절망했다.

한때는 아버지처럼 여겼던 이가 자신을 이 꼴로 만들어놓았다.

어쩌다 이렇게 됐을까.

그는 자신의 지난 인생을 쭉 돌아보았다.

돌이켜 보면, 인생의 이정표와 같았던 대사제의 몰락이 비극의 시작이었다.

무너지는 성역.

그곳에서 인간들에게 죽임당한 대사제.

대사제가 태초의 빛의 뜻을 받들어 위대한 대업을 이룰 것이라고 믿어 의심치 않았다.

그런데 결말은 너무도 충격적이었다.

어째서 이렇게 됐을까.

분명 위대한 이의 뜻대로 행한 것일 텐데, 왜?

대사제가 죽고 나서 방황했다. 그는 이정표를 잃은 방랑자였다. 동족들은 성역과 함께 몰락했고, 더 이상 태초의 빛의 뜻을 전해주는 대사제도 없었다.

무엇을 위해 어떻게 살아야 하는지 알 수 없었다.

그러다가 깨달았다.

'내가 새로운 대사제가 되어야 한다.'

죽은 대사제의 유지를 이을 사람은 자신밖에 없다고 생각했다.

자신은 첫 번째 상급 사제였고, 누구보다도 전 대사제의 신임을 받았던 후계자였다.

태초의 빛을 맞이할 수 있는 다음 세대의 대사제가 될 가능성이 가장 높다고 평가받아 왔으니까.

그 뒤에 영령계를 다니며 태초의 빛에 도달하기 위해 노력했고, 마침내 뜻을 이룰 수 있었다.

다시 그분의 의지를 받들어서 사제들을 결집하여 분투를 했다.

그런데 또다시 이런 결말을 맞이했다.

자신을 추종하던 사제들은 전부 죽거나 배신했고, 자신은 죽은 뒤에도 이렇게 봉인되어 버렸다.

'어째서? 그분의 말씀대로 따랐을 뿐인데 어째서 이렇게 된

거지? 무엇이 잘못된 거야?'

생각해 보면 지금까지 쭉 태초의 빛이 전한 예언에 따르다가 생긴 비극이었다.

성역의 붕괴도, 지금 자신이 처한 상황도 모두 그 예언을 따르다가 도달한 결말이었다.

'그분은 우리를 멸망하게 하고 싶으셨단 말인가? 어째서!'

그래서 가야 한다.

그분을 직접 뵙고서 따져봐야 한다.

어째서 이런 비극이 나타난 거냐고.

설계하신 진정한 목적이 무엇이냐고 말이다.

그런데 그때였다.

—거기에 있었구나.

누군가의 음성이 들렸다.

—누, 누구?!

첫 번째 상급 사제는 화들짝 놀라 물었다.

—내가 누군지 묻느냐? 난 너의 주인이다.

—헉! 위대한 분이시여!

—왜 그런 곳에 있느냐? 난 네가 이곳에 오기만을 기다리고 있었는데.

—저, 저를 기다리셨단 말입니까?

—그렇다.

—태초의 빛이시여. 전 당신의 사명을 받들었지만 끝내 이루지

못하고 이렇게 죽고 말았습니다. 전 사명을 달성하지 못한 죄인입니다.

—나를 의심하는구나.

첫 번째 상급 사제는 덜컥 겁이 났다.

완전히 꿰뚫어 보았기 때문이다.

—이 또한 나의 뜻임을 모르느냐?

—이, 이것이 말입니까?

—넌 이곳에 오기만 하면 된다.

—그곳은 어떤 곳입니까?

—네가 간절히 원하던 낙원이지.

—제가 간절히 원하던… 설마, 빛이 내리는 땅입니까?

—아직도 나를 의심하느냐?

어둠 속에서 한 줄기의 빛을 발견한 심정이었다.

첫 번째 상급 사제는 환희에 찼다.

빛이 내리는 땅.

지금까지 모두가 그곳이 지상이라고 생각했다.

그런데 아니었다.

빛이 내리는 땅이란, 바로 태초의 빛의 품이었다. 그분의 위대한 빛이 닿는 세상이었다.

모든 의문이 풀렸다.

성역이 몰락하고, 수많은 동족들이 죽어야 했던 이유.

모두를 그곳에 인도하기 위해서였다.

행복과 진리만이 존재하는 그곳으로 말이다.

─의심하지 않습니다. 저를 데려가 주십시오.

─하지만 넌 그곳에 갇혀 있구나.

─예, 당신의 대리인을 자칭한 저 간악한 자가 저를 이곳에 봉인시켰습니다. 전 이곳을 빠져나갈 수 없습니다.

─실로 사악한 자로구나. 하지만 염려 마라. 내가 널 찾아냈으니까.

─저를 이곳에서 구해주시는 겁니까?

첫 번째 상급 사제는 감격했다.

─하지만 나 혼자의 힘으로는 안 된다. 네가 안에서 힘을 보태야 한다.

─알겠습니다. 제가 어떻게 힘을 보탤 수 있습니까?

─우리의 영혼은 연결되어 있다. 그 연결 고리에 집중하라. 그 연결을 놓지 않는다면 넌 마땅히 가야 할 곳으로 인도받을 테니까.

─알겠습니다!

머릿속에서 두려움과 혼란이 사라지자 첫 번째 상급 사제는 이내 스스로의 영혼을 관조할 수 있었다.

정말로 가느다란 실처럼 자신의 영혼이 어디론가 연결되어 있었다.

그것은 서약의 징표였다.

영혼을 바쳐 위대한 뜻에 따르겠다는 증거였다.

피에트로가 철저하게 봉인과 결계를 쳤지만, 그 연결을 끊지는 못했다.

'그분께서는 날 잊지 않으셨다. 그분은 항상 나와 연결되어 있었던 거야.'

감격에 찬 첫 번째 상급 사제는 의욕을 얻었다.

절망 속에서 낙원으로 인도해 줄 실 한 가닥을 발견했다.

첫 번째 상급 사제는 그 실을 단단히 붙잡았다.

이것을 잡고, 그곳으로 갈 것이다. 내가 마땅히 가야 할 곳으로.

우우우웅!

영혼의 연결 고리가 공명하기 시작했다.

실이 큰 울림을 전하면서 단단히 에워싸고 있던 봉인을 뒤흔들기 시작했다.

아주 철저한 봉인과 결계였지만, 두 영혼이 연결된 실을 끊지 못한 이상 미세한 구멍이 있는 셈이었다.

작은 구멍은 점점 커져가며 주변에 균열을 일으키기 시작했다.

―무슨 일이냐!

피에트로가 고함을 질렀다.

첫 번째 상급 사제는 의기양양해졌다.

―인간의 껍데기를 쓴 놈아! 네가 아무리 막아도 소용없다. 난 빛이 내리는 땅으로 갈 거야!

—빛이 내리는 땅? 네가 무슨 수로 그곳에 갈 수 있단……

피에트로는 도중에 말을 흐렸다.

대번에 사태를 파악했는지 즉시 말했다.

—그놈이 네게 접촉해 또 너를 현혹시켰구나. 여기까지 개입을 할 수 있다니, 놈의 영혼을 다루는 수법이 상상을 넘어섰구나.

—함부로 말하지 마라! 넌 아무것도 모른다. 빛이 내리는 땅이란 지상 따위가 아니었어! 그분의 은총이 닿는 곳을 뜻하는 것이란 말이야.

—제정신이 아니라서 그런 소리를 믿는구나.

—너야말로 제정신이 아니야! 그분의 뜻을 거스르고 인간들과 부대껴서 살고 있다니.

—냉정하게 놈과의 대화를 돌이켜 보아라.

피에트로는 봉인과 결계를 지키려고 애쓰면서 타일렀다.

—언제나 네가 먼저 무엇을 원하는지 섣불리 말을 꺼냈을 것이다. 놈은 그것을 듣고 동조해 주면서 꾀었을 뿐이야.

예언에 대해 아무것도 모르는 왕이 태초의 빛 행세를 하며 첫 번째 상급 사제를 속이는 방법은 그것밖에 없었다.

절박함이 지나쳤던 첫 번째 상급 사제가 아무 의심 없이 자기가 믿고 싶은 대로 믿은 것이다.

지식이 부족할지언정 교활함은 타고난 왕에게는 아주 손쉽게 속여먹을 수 있는 먹잇감이었고 말이다.

그러나 첫 번째 상급 사제에게는 아무것도 귀에 들어오지 않았다.

그저 지금의 답답한 상황에서 탈출할 생각밖에 없었다.

어쩔 수 없는 일이기도 했다.

영혼이 연결된 이상, 그것을 따르고 싶어 하는 본능이 강렬하게 작용하니까.

─정신 차려라. 놈의 손아귀에 한 번 들어가면 다시는 빠져나오기 힘들다.

피에트로의 설득은 부질없었다.

파지지직!

봉인이 깨어졌다.

결계도 균열이 발생했다.

그리고 마침내 첫 번째 상급 사제는 자신의 주인의 영혼과 만났다.

*　　　　*　　　　*

─여어, 오랜만이군.

왕은 피에트로에게 인사를 건넨다.

─영혼의 연결을 타고 여기까지 개입한 건가?

─물론이지.

─그렇게까지 강력한 결속이었나.

─너도 육체와의 결속이 약한 상태에서도 내 구속에서 벗어난

적이 있지. 정말 탁월한 재주였다만, 나와 이 녀석의 결속은 그보다 100배는 더 질기다. 내가 한 번 저당 잡은 영혼을 놓칠 것 같은가?

그때, 첫 번째 상급 사제의 공포에 찬 비명이 울려 퍼졌다.

―끄아아아악!! 대사제님!

왕의 손아귀에 들어간 그는 이제 피에트로를 간절히 찾고 있었다.

―살려주십시오, 대사제님! 이 괴물은 무엇입니까?! 으아아아!

―놈이 누군지 알지 않느냐, 첫 번째여.

피에트로는 탄식했다.

이제 도리가 없었다.

왕은 수법이 너무 고단수여서 구하려고 뛰어들다가는 자신의 영혼까지 덩달아 왕의 손아귀에 넘어갈 수 있었다.

―이 친구 말이 맞아. 넌 내가 누군지 아주 잘 알지. 영혼이 연결된 사이니까.

―으아아아! 날 속였어!

―응? 글쎄, 그다지 거짓말을 하지는 않았는데.

첫 번째 상급 사제는 충격을 받았다.

돌이켜 보니 정말이었다.

―난 너의 주인이다.
―이 또한 나의 뜻임을 모르느냐?

―네가 간절히 원하던 낙원이지.

저 괴물은 거짓말은 하지 않았다. 첫 번째 상급 사제가 스
스로 오판하고 속아 넘어가도록 유도했을 뿐이었다.

―이 얼빠진 녀석이 내가 원하는 바를 이루어줄 거라고는 기대
도 안 했다. 아니, 사실 기대는 했지만 이 친구가 막고 있는 것 같
아서 포기했지. 이 친구는 똑똑하거든.

칭찬을 받은 피에트로는 하나도 기쁘지 않았다.

결국 저당 잡은 영혼만 거둬들이면 그만일 뿐이라, 왕은 일
이 실패하건 말건 상관이 없었으리라.

피에트로도 그것을 어렴풋이 짐작하여서 봉인과 결계를 펼
쳐 막아보았지만 역부족이었다.

―그럼 다음에는 영혼만이 아니라 서로 육체까지 가져와서 제
대로 만나자고.

―끄아아!

왕은 첫 번째 상급 사제를 데리고 사라졌다.

홀로 남겨진 피에트로는 고개를 저었다.

결국 예언은 빗나가는 법이 없었다.

환란이 닥칠 것이다.

제4장

4강전

피에트로는 오랜만에 허탈한 기분을 느꼈다.

'결국 감당해야 할 재앙이었다는 것이로군.'

고개를 저은 피에트로는 공간 이동을 펼쳤다.

초대 황제의 무덤으로 짐작되는 이곳 황릉에 관심은 있었지만, 지금으로서는 별 의미 없는 폐허일 뿐이었다.

*　　　*　　　*

파앗!

갑자기 피에트로가 나타나자 서문엽은 흠칫했다.

"어떻게 됐어?"

"처치했지만 결국 놓쳤다고 봐야겠군."

"뭔 소리야, 그게?"

"첫 번째를 처치했다. 그러나 영혼은 왕의 손아귀에 넘어갔
다."

피에트로는 황릉 폐허에서 있었던 일을 설명했다.

자초지종을 들은 서문엽은 안색이 굳었다.

"그러니까 왕이 그 녀석 영혼을 갖고 있으니 문을 열고 나
타날 수 있다는 말이지?"

"결국은 그리될 거라고 생각한다. 시간이 얼마나 걸릴지가
문제일 뿐."

"뭐든 금방 습득하는 놈이라며? 영령계에 가는 법도 혼자
서 터득한 놈인데 그 정도가 어렵겠어?"

"첫 번째가 그리 호락호락하지는 않을 거다."

"호락호락하게 왕에게 지 영혼을 판 놈인데 뭘."

"이미 늦었지만 이제는 자신이 속았음을 깨닫고 정신을 차
렸을 거다. 마음먹고 저항한다면 왕이 첫 번째에게서 쉽사리
원하는 지식을 얻어내지 못할 거다. 굴복할 바에는 차라리 영
혼의 소멸을 택할 테니까."

"뭐야? 그러면 문이 안 열릴 가능성도 있는 거잖아?"

"이미 영혼이 종속되었으니 시간문제다. 게다가 왕은 수단
이 너무 좋다. 첫 번째가 오래 저항할 수 있을 거라는 기대는

안 드는군."

피에트로는 자신의 봉인과 결계가 다 돌파당한 일을 떠올렸다.

물론 첫 번째가 호응하여 안팎에서 공략당한 결과지만, 왕의 능력을 보여준 사례였다. 게다가 왕은 그때 피에트로에게도 말을 건넸다.

먼 시공 너머에 있으면서, 오직 첫 번째 상급 사제와 연결된 끈을 통해 피에트로와 대화를 나눈 것이다.

그것은 피에트로로서도 흉내 낼 수 없는 능력이었다.

"그 자식이 최대한 오래 버텨주기를 기대하는 수밖에 없나."

"아니, 그 반대다."

피에트로가 단언했다.

의아해진 서문엽에게 피에트로의 말이 이어졌다.

"첫 번째가 적당히 버티다 굴복하는 게 최상의 시나리오다."

"어째서?"

"인간의 수명은 그리 길지 않잖나."

"…아."

그제야 서문엽은 중대한 사실을 상기했다.

서문엽도 피에트로도 인간의 몸이라는 것을.

"인류로서는, 아니, 우리 모두의 입장에서는 서문엽, 네가 건재할 때 결판을 짓는 것이 최선이다. 세월이 흐른다 해도 너와 같은 초인이 또 탄생할 수 있을까? 그러기엔 넌 너무 특이한 케이스라 기대할 수 없다."

"그야……."

서문엽도 부정하지 못했다.

예전의 자신이라면 가능했다.

나단 베르나흐 같은 천재도 있고, 분석안 같은 초능력도 누군가는 타고날 수 있을지도 모른다.

하지만 지금의 서문엽은 이미 인간의 경지를 한참 능가했다.

'불사', '영체화', '무기 영체화', '영혼 연성', '태초의 빛을 만난 것' 등 인간이 가질 수 없는 요소가 너무 많았다.

이 같은 인간은 다시는 태어나지 않을 터였다.

왕과 싸워볼 만한 사람은 자신 외에는 없는 것이었다.

"왕이 그 사실을 깨닫지 못하길 바랄 뿐이다. 왕이라면 백년 정도 더 기다리는 일은 그리 어렵지 않을 테니까."

이미 존재하는 생명체 중 가장 긴 세월을 산 왕에게 100년 정도는 짧은 시간일 터였다.

"첫 번째 녀석이 왕에게 굴복하면 나에 대해서도 이야기하겠지?"

"그럴 거다. 네가 만인릉 황제밖에 못했던 무기 영체화를 할 줄 안다는 사실을 듣는다면, 이미 한 번 크게 쓴맛을 본 적 있던 왕이 싸우겠다고 승부욕을 보일 것 같지는 않군. 왕은 만인릉 황제에 대한 공포심을 아직도 간직하고 있을 테니까."

100년 정도만 기다리면 서문엽도 피에트로도 사라진다.

더는 적수가 없게 되는 것이다.

왕이 그 정도 판단도 못할까?

피에트로는 그러기만을 바라야 했다.

"만약에 그 녀석이 정말 내가 늙어 죽을 때까지 기다리기로 하면 어쩌지?"

"그땐 우리가 문을 열고 싸우러 가야지."

피에트로는 그 경우에도 계획을 갖고 있었다.

초대 황릉 폐허에서 버려진 세계의 단서를 찾아내, 이쪽에서 먼저 문을 열고 왕을 치러 가는 계획이었다.

하지만 그런 일은 없어야 했다.

그렇지 않아도 승산이 낮은 싸움인데, 왕의 영역에서 싸우는 것은 더 불리했으니 말이다.

"그건 최후의 던전 공략보다 어려운 임무겠네. 뭐, 됐어. 아무튼 월드컵 끝나기 전에는 안 온다는 거잖아."

"아무것도 단언할 수 없다."

"됐어, 됐어. 더 궁리한다고 뭔가 뾰족한 수가 나오는 것도 아니고. 당분간은 월드컵에 집중해야지."

"그건 네가 알아서 해라. 난 관심 없으니까."

피에트로는 월드컵에 전혀 관심을 보이지 않았다. 어차피 배틀필드는 시답잖은 인간들의 취미일 뿐이었으니까.

*　　　　　*　　　　　*

영국 통합 대표 팀은 중국을 꺾고 4강에 진출했다.

한국의 4강전 상대가 영국으로 확정 난 순간이었다.

영국과 중국의 8강전도 흥미로운 대결이었다.

로이 마이어가 '얼음벽'으로 전장을 둘로 갈라 중국 선수들을 양분했지만, 다음 순간 슈란의 '소멸 광선'이 '얼음벽'을 철거해 버렸다.

그러고도 소멸 광선은 연이어 영국 선수 2명을 더 처치하는 괴력을 보여주었다.

하지만 이어서 로이 마이어가 슈란을 '얼음 봉인'으로 묶는데 성공하면서 승패가 결정 났다.

중국도 2세트에서는 발 빠른 선수들이 기습 작전을 펼치면서 승리했다. 영국이 역습을 가했지만, '위치 파악'으로 로이 마이어의 위치를 실시간으로 파악하고 있던 슈란의 반격으로 결판이 났다.

그러나 마지막 3세트는 결국 영국의 승리였다.

로이 마이어는 팀을 이끌면서 끝내 영국을 4강에 올려놓았다.

또다시 8강에서 고배를 마신 중국은 다음 월드컵을 기다려야 했다.

4강에 오른 국가는 프랑스, 독일, 영국, 한국이었다.

한국에 패했지만 조 2위로 8강에 올랐던 미국은 8강전에서 강적 독일을 만나 패했다. 개최국이었던 미국은 월드컵 대회에서 최강의 전력을 자랑했지만, 결국 8강에 그쳐 미국인들에게 충격을 주었다.

결국 트렌드에 뒤처진 파워 게임은 더 이상 통하지 않는다는 것을 보여주면서 메이저 리그에서도 자성의 목소리가 일어나는 계기가 되었다.

그 외에는 전문가들의 예상대로 4강 진출국이 결정된 것이었다. 결국은 톱3로 꼽히는 세 선수의 소속 국가가 모두 올라와 있었으니까. 그만큼 로이 마이어, 나단 베르나흐, 다니엘 만츠 등 톱3는 단지 개개인의 실력만 뛰어난 게 아니라 팀을 강하게 만드는 영향력을 가진 선수들인 것이었다.

네 국가 중 가장 유력한 우승 후보를 논할 때에는 프랑스가 1위로 꼽혔다.

그런데 재미있는 결과가 있었다.

도박사들이 두 번째로 우승 후보로 많이 베팅한 국가가 바로 한국이었던 것이다.

이는 한국이 8강전에서 이탈리아를 완벽하게 꺾었을 때 나타난 현상이었다.

이탈리아를 혼자 깨부수는 서문엽의 역량이 예상보다 훨씬 강력했던 것.

"누구도 서문엽의 상대가 되지 않을 겁니다."

이는 8강을 끝으로 월드컵에서 퇴장한 이탈리아의 치치 루카스가 인터뷰에서 한 말이었다.

"서문엽을 상대할 수 있는 사람은 나밖에 없다고 생각했다. 그러나 나도 불가능했다. 아무도 그를 못 막는다. 나단 베르나흐? 서문엽과 싸우면 30초 안에 던전에서 사라질 것이다. 물론 그 30초는 분신 2명이 도망 다니다가 붙잡혀서 죽는 데 걸리는 시간이다."

이는 제럴드 워커가 인터뷰에서 한 발언이었다.

제럴드 워커는 미국의 에이스로서 8강에 그친 책임을 통감하고 있었는데, 하도 비난 여론이 커지니까 화가 치밀어서 저렇게 말한 것이었다.

그 말에 나단 베르나흐를 신앙처럼 여기는 프랑스가 발끈했음은 물론이었다.

서문엽과 붙어봤던 이름난 선수들이 하나같이 공통적으로 말했다.

"서문엽은 괴물이다."

"인간이 그렇게까지 강할 수 있다는 것이 믿겨지지 않았다."

"7영웅 시절보다 훨씬 더 강해진 것은 확실하다."

이번 월드컵에서 서문엽은 공식적으로 세계 최강의 선수로 인정받고 있었다.

그렇기 때문에 이번 월드컵은 점점 더 뜨거워졌다.

서문엽과 톱3 선수들이 모두 맞붙어 최후의 승자를 가리게 되었기 때문이다.

4강전 1경기.

프랑스와 독일이 만났다.

챔스에서도 파리 뤼미에르 BC 대 베를린 블리츠 BC로 대표되는 라이벌 관계가 월드컵에서도 이어졌다.

외나무다리에서 원수를 만난 것처럼 싸웠는데, 나단 베르나흐와 다니엘 만츠도 미친 듯이 활동하며 처절한 접전을 펼쳤다.

1세트는 1−0으로 프랑스의 승리.

배틀필드는 생존자의 숫자로 점수를 먹이는데, 승리한 프랑스에서 생존한 선수가 단 1명밖에 없었을 정도로 처절한 접전이었다.

심지어 그 1명은 나단 베르나흐가 아니었다.

다니엘 만츠가 데스당하기 전에 나단 베르나흐를 '밀기'로 동료들에게 토스하면서 함께 데려갔기 때문이다.

다니엘 만츠에게 치명상을 입힌 것도 나단 베르나흐였기 때문에 최고의 라이벌 대결이었다고 호평을 받았다.

같은 식으로 2세트, 3세트까지 양 팀은 혈전을 벌였다.

결국은 기동력을 무기로 빠른 사냥과 장기전을 택한 프랑스가 최종 승자가 되었다.

그리고 4강전 2경기, 한국 대 영국의 대결이 다가왔다.

*　　　*　　　*

　—우리 대한민국의 역사적인 월드컵 4강전이 오늘 펼쳐집니다.

　—정말 감개무량합니다. 인류를 구한 7영웅 중 2명이나 배출했던 우리나라가 배틀필드에서는 약체를 면치 못했는데, 그 2명의 영웅이 주축이 되어서 다시 우리나라를 높은 위치로 이끌었습니다.

　—예, 우연이 아닙니다. 프랑스에 이어 2번째로 유력한 우승 후보로 꼽히고 있습니다. 운 좋게 올라온 팀에게 어떤 도박사가 베팅을 하겠습니까?

　—하하, 그렇죠. 하지만 상대 역시 만만치 않죠?

　—예, 바로 중국을 꺾고 올라온 영국입니다. 단일 팀을 결성한 영국이 이번 월드컵에서 그 성과를 보여주고 있습니다. 하나 된 영국은 확실히 대단하네요.

　—로이 마이어 선수가 있으니까요. 지난 8강전에서는 상당히 고생했죠.

　—예. 8강전은 로이 마이어 선수와 슈란 선수의 대결이었다고 요약할 수 있겠습니다. 슈란 선수가 '위치 파악'을 걸고서 쫓아다니는데 오죽 고생했겠습니까? 소멸 광선 맞아서 안 죽

는 사람이 극소수인데, 로이 마이어는 그런 재주가 있는 선수
는 아니었거든요.

　─그래도 역시나 두 사람의 대결은 로이 마이어 선수의 관
록승이었습니다. 개개인의 대결 이전에 팀 스포츠거든요. 슈
란 선수가 로이 마이어 선수를 죽이겠다고 벼를 때, 로이 마
이어 선수는 이기기 위한 팀 운영을 했습니다.

　─하지만 로이 마이어 선수는 오늘도 고생깨나 할 겁니다.
오늘은 서문엽 선수와 피에트로 아넬라 선수를 상대해야 하
거든요.

　─8강에서 결장했던 피에트로 선수의 활약도 기대됩니다.
피에트로 선수도 로이 마이어 선수 못지않게 팀의 승패를 좌
우하는 임팩트 있는 플레이를 하거든요.

　─아마 그 둘의 대결에 전 세계의 이목이 집중되어 있을 겁
니다.

　양 팀 선수들이 경기장에 입장했다.
　1세트가 시작되었다.

＊　　　　＊　　　　＊

　경기장으로 입장하면서 서문엽은 개리 윌리엄스와 인사를
나눴다.

"아주 날아다니시더군요."

"너도."

"하하, 소속 팀에서 잘 배운 덕분입니다."

개리는 너스레를 떨었다.

개리 윌리엄스는 이번 월드컵에서 영국의 약진을 이끈 일등 공신이었다.

원거리 딜러로 포지션 체인지를 멋지게 해낸 개리는 던전의 사령관인 로이 마이어의 전술 구상에 중요한 옵션이 되어주었다.

　

―대상: 개리 윌리엄스(인간)

―근력 80/80

―민첩성 85/85

―속도 82/82

―지구력 78/78

―정신력 90/95

―기술 91/93

―오러 76/76

―리더십 76/76

―전술 86/86

―초능력: 강화된 육체, 강화된 시력

피지컬은 이미 옛날에 다 개발한 개리였지만, 소프트웨어 측면에서 성장이 두드러졌다.

정신력은 83에서 90으로 성장.

적합한 포지션을 찾음으로써 정체되어 있었던 기술도 91에 도달했다.

리더십과 전술도 한계까지 다 성장했다.

여기에 강화된 육체로 인해 던전에서는 근력, 민첩성, 속도가 10씩 상승한다.

종합하면 현존하는 세계 최고의 활잡이라는 뜻이었다.

원래 근접 딜러였던 만큼 근접전에서도 강력하다.

덕분에 로이 마이어는 개리를 쏠쏠하게 활용하면서 팀의 승리를 일굴 수 있었다.

'역시 영입한 보람이 있군. 월드컵에서 더 성장해서 다행이야.'

지금은 적으로 만났음에도 개리의 성장이 그저 흐뭇한 서문엽이었다.

그런 서문엽과 달리 다른 선수들은 저마다 표정이 비장했다.

4강전.

꿈의 월드컵 결승전을 향한 마지막 길목이었다.

물러설 수 없는 한판 승부가 시작되었다.

1세트, 던전은 만인릉.

만인릉은 서문엽이 이번 월드컵에서 엄청난 플레이를 선보였던 던전이었다.

혼자 궁전에 잠입해 만인릉 황제를 단독 사냥했으며, 궁전에 몰려든 남아공 선수 7인을 홀로 처치해 버렸다. 그로 인해 사기가 땅에 떨어진 남아공은 2세트에서도 맥없이 패배하고 말았다.

그랬던 던전이니 영국 측은 긴장이 들 수밖에 없었다.

'서문엽은 이번에도 궁전으로 곧장 향했을 거야.'

로이 마이어는 신중하게 생각했다.

'이번에도 황제를 단독 사냥할 테지. 황제를 사냥하기만 하면 막대한 사냥 포인트가 떨어지니까.'

영국 대표 팀 감독 론 델리는 이 같은 초반 상황에서 서문엽이 황제를 그냥 사냥하게 방치하지 않도록 주문했다.

하지만 그냥 적당한 선에서 방해만 할지, 적극적으로 저지하면서 전투까지 불사할지는 상황에 따라 적절히 판단하라고 일렀다.

한마디로 로이 마이어에게 판단을 맡긴 것이었다.

'방치해서는 안 되지. 황제를 처치하고 근위대를 사냥하며 쭉쭉 포인트를 긁어모으면 순식간에 5단계를 달성해 버리니까.'

서문엽이 크게 놔둬서는 안 된다는 것은 론 델리 감독이나 로이 마이어나 공통적인 생각이었다.

로이 마이어가 결정을 내렸다.

—전원 궁전으로 향한다.

그 말에 영국 선수들 사이에 긴장감이 돌았다.

—서문엽을 잡는 거야?

개리 윌리엄스가 물었다.

로이 마이어는 고개를 저었다.

—상황에 따라 봐야겠지만 정면 충돌은 피할 생각이야. 저쪽은 여차하면 피에트로 아넬라가 공간 이동으로 나타나 합류할 수도 있으니까.

영국 측은 남아공처럼 서문엽 한 사람에게 몰살당하는 불상사는 없을 거라고 자신했다. 그들은 개개인의 실력 면에서 남아공과 비교를 불허했다.

하지만 다 함께 모여 있다가 피에트로의 초능력에 얻어맞으면 자칫 막대한 피해를 입기 십상이었다.

그래서 로이 마이어는 보다 신중하게 움직이기로 했다.

—개리 윌리엄스는 궁전 최상층을 저격할 수 있는 지점으로 이동. 활을 쏴서 서문엽의 사냥을 최대한 방해해. 가능하지?

—좋아.

개리 윌리엄스는 쾌히 고개를 끄덕였다.

—나머지는 궁전에서 스켈레톤 근위대를 사냥한다. 황제를 서문엽이 가져가더라도, 근위대까지 사냥하게 놔둘 수는 없으니까.

스켈레톤 근위대는 사냥 포인트를 상당히 잘 주는 몹이었다. 이것까지 서문엽이 마음껏 독식하도록 놔두지 않겠다는 의지였다.

그리고 궁전에서 단체로 사냥하면 압박을 느낀 서문엽이 알아서 피할 것이라는 계산도 있었다.

영국 선수들은 일제히 궁전으로 이동했다.

＊   ＊   ＊

—서문엽 선수는 예상대로 시작하자마자 궁전을 향합니다. 남아공전과 마찬가지로 황제를 먼저 사냥할 생각입니다. 아, 그런데 영국도 궁전으로 향하네요.

—예, 서문엽 선수가 황제를 사냥하는 것을 그냥 좌시하지는 않겠다는 거죠. 당연합니다. 그렇지 않아도 위협적인 서문엽 선수인데, 황제를 사냥해서 막대한 사냥 포인트까지 얻으면 걷잡을 수 없이 강해지거든요.

—경기 시작부터 궁전에서 양측이 충돌할 것 같은 긴박한 상황이 조성되고 있습니다. A매치에서 영국에 아쉽게 패배한 적이 있었던 대한민국, 과연 오늘 설욕을 할 수 있을지! 마침

A매치에서 패했던 던전도 바로 이곳 만인릉입니다.

　서문엽은 조승호와 함께 궁전으로 향했다.

　조승호는 길잡이 역할을 맡았다.

　포복 전진으로 은밀히 이동한 후, '투명화'를 펼쳐서 은신한 채 주위를 살피고 서문엽에게 일러주는 역할이었다.

　또한 서문엽이 궁전에서 사냥하는 동안 밖에서 망을 봐주는 역할도 했다.

　여러 가지로 서문엽의 허드렛일 담당이 된 조승호였지만, 이래 봬도 선수로서의 평가는 나날이 오르고 있었다.

　비록 전투 능력이 전무하다시피 하지만, 조승호가 가진 다양한 초능력은 상당히 유용하다는 평가였다.

　가장 좋은 초능력은 '오러 전달'이 꼽혔다.

　본인이 전투에 보탬은 안 될지언정, 팀의 핵심 선수의 오러를 충전시켜 주는 보조 배터리 역할은 상당히 유용했다.

　어설프게 전투에 합류해서 함께 싸우는 것보다, 팀의 에이스가 다시 한번 오러양을 회복해서 더 싸우게 하는 편이 훨씬 이득인 것이다.

　서문엽은 황제를 포함하여서 궁전에서 거하게 사냥을 한 뒤에, 소모한 오러를 조승호로부터 충전받을 계획이었다.

　그러면 서문엽은 엄청난 사냥 포인트를 쌓으면서, 소진한 오러까지 다시 회복해 쌩쌩해지는 효과를 얻는다.

─우리나라 대표 팀은 서문엽 선수가 무사히 성장하는 것만으로도 승기를 잡는 셈입니다. 흰 광채에 둘러싸인 서문엽 선수를 누가 당해내겠습니까?

─예, 그러니 영국으로서는 서문엽 선수의 성장을 최대한 억제시켜야 하겠죠. 하지만 전투를 벌이면 피에트로 선수가 바로 합류할 수 있으니 신중할 겁니다. 제 생각이지만, 직접적인 전투보다는 간접적인 압박으로 견제할 요량일 겁니다.

─서문엽 선수와 조승호 선수가 궁전에 도착했습니다. 궁전에 단둘이 왔는데 상대 팀은 11명 전원이 오고 있는 상황. 긴장해야 합니다. 서문엽 선수가 아무리 강해도 상대는 영국입니다. 로이 마이어가 있어요.

서문엽은 궁전 최상층에 잠입하는 데 성공했다.

창문으로 들어와 황제와 맞닥뜨렸다.

황제가 대검 두 자루를 꺼내 들었고, 싸움이 펼쳐졌다.

어마어마한 오러를 대검에 실어 공격을 펼치는 황제.

정면충돌하면 서문엽이라도 타격을 피할 수 없다.

하지만 서문엽은 이미 만인릉 황제의 검술을 지겹도록 상대해 본 몸.

상대가 진짜 만인릉 황제도 아니고 그저 검술만 이식된 가짜이니 어려운 상대는 아니었다.

서문엽은 이리저리 날렵하게 피하며 만인룡 황제를 능수능란하게 요리하기 시작했다.

그런데 사냥 도중에 조승호가 보내는 '시야 전달'을 받았다.

'투명화'한 채 숨어 있는 조승호의 시야에 영국 통합 대표팀 선수들이 포착된 것.

"웅? 개리가 안 보이는데?"

서문엽은 만인룡 황제와 싸우는 와중에도 조승호가 보내준 '시야 전달'에 신경을 썼다.

조승호는 바깥에서 계속 주위를 살피며 시야를 전달해 준다.

그런데 개리 윌리엄스는 보이지 않았다.

그밖에도 영국 선수 몇 사람이 안 보였다.

"일부만 왔나? 아닌데. 일부만 왔더라도 개리 윌리엄스를 이럴 때 활용하지 않을 리가 없는데."

서문엽은 금세 상황을 파악했다.

"아하, 개리 윌리엄스는 나를 활로 쏘기 위해 따로 움직였군. 그렇다면……."

서문엽은 창밖을 바라보았다.

황제의 대검이 연이어 날아들었지만, 서문엽은 보지도 않고도 너끈히 피했다. 그러면서 틈틈이 창밖을 살피는 여유까지 보여주었다.

만인룡의 풍경을 쭉 내려다보다가 어느 한 지점을 발견했다.

'저기쯤에 자리 잡겠군.'

개리 윌리엄스가 이쪽으로 저격을 하기 좋은 포인트를 서문엽은 찾아냈다. 아마 개리 윌리엄스는 저곳에 모습을 드러낼 것이다.

무슨 저격소총을 들고 있는 것도 아니고, 동작이 큰 합금 장궁을 쓰는 만큼, 완전히 은폐한 채 저격하는 것은 불가능했다.

"이나연."

―넷!

이나연이 씩씩하게 대답했다.

"궁전의 북서쪽에 뾰족한 지붕을 가진 큰 건물이 있을 거야. 기억해?"

―네, 알 것 같아요.

던전 구조를 소상히 파악하고 있는 것은 배틀필드 프로 선수의 기본 자질이었다. 만인룡에서 훈련을 수없이 했으니 모를 리 없었다.

"그쪽에 개리가 있을 거야."

―아하, 가서 처치할까요?

"그러면 좋은데 네가 개리를 처치할 수 있겠냐? 까불지 말고 방해만 해."

―넷!

그렇게 조치를 취해둔 뒤, 서문엽은 황제 쪽으로 시선을 돌렸다.

'나도 사냥 속도를 좀 높여볼까?'

이전이었다면 아무리 서문엽이라도 만인릉 황제를 사냥하는 데는 시간이 오래 걸릴 수밖에 없었다.

공격을 한 방이라도 맞으면 방패로 막는다 해도 골로 가기 십상이다.

빗맞아도 데스이니 조심스러울 수밖에 없는 것이었다.

하지만 이제는 이야기가 사뭇 달랐다.

'증폭된 분석안 정도는 써도 되지 뭐.'

정신력이 160에 이르면서 '증폭'은 능력치 하나를 60이나 올려주는 사기급 초능력이 되었다.

갑자기 능력치가 60이나 오르면 티가 안 날 수가 없기 때문에, 더 이상 경기 중에는 쓸 수 없게 됐다.

하지만 증폭된 '분석안'은 티가 나지 않았다.

—분석안(증폭): 살아 있는 대상의 능력치를 보고 움직임을 예측할 수 있다. 영상 매체의 기록을 통해서도 볼 수 있다.

증폭된 분석안을 펼치자, 황제의 움직임이 반투명한 잔상으로 미리 보였다.

이제는 미리 예고하고 공격을 펼치는 것이나 다름없었다.

서문엽은 창을 꼬나 쥐고 적극적으로 반격에 나섰다.

황제가 어떻게 움직일지 뻔히 아니 거리낌이 없었다.

—서문엽 선수, 좀 더 적극적으로 황제에게 공격을 하기 시작합니다. 상당히 과감한데요?!

—아무래도 밖에서 망을 보던 조승호 선수가 영국 선수들을 얼핏 발견했습니다. 그 때문에 서문엽 선수도 방해받기 전에 사냥에 서두르는 것이죠.

—이나연 선수도 궁전 쪽으로 빠르게 달려옵니다. 아마 서문엽 선수의 오더일 거라고 짐작됩니다.

—달려가는 방향을 보니 개리 윌리엄스 선수가 가고 있는 장소와 일치합니다. 대한민국, 출발이 아주 좋습니다. 영국의 움직임을 소상하게 꿰뚫고 있어요!

—하지만 황제를 사냥하는 일은 조심해야 합니다. 본래는 웬만한 강팀도 건드리지 않고 놔둬버릴 정도로 강한 보스 몹이에요!

—보기만 해도 아찔한데, 서문엽 선수는 아주 잘 싸우고 있습니다! 연속 찌르기! 계속 황제를 몰아세웁니다! 서문엽 선수가 황제를 압도하고 있어요!

경기를 지켜보는 모두가 경악할 만한 장면이 나오고 있었다.

서문엽이 오히려 맹렬하게 황제를 공격하며 몰아세우고 있는 것.

증폭된 분석안의 효과였다.

                    *   *   *

"저게 뭐야?"

"황제랑 일대일로 싸우는데 어떻게 저렇게 일방적이야?"

관중들은 넋을 잃었다.

상당수가 배틀필드 골수팬인 그들은 만인릉 던전에서의 경기를 많이 보았다.

만인릉의 백미는 역시나 최종 보스 몹인 황제. 대검을 두자루나 든 황제의 파괴적인 전투력은 훌륭한 볼거리였다.

그러나 프로 팀들은 최근 만인릉 던전에서는 황제 사냥을 시도하지 않는 실리적인 선택을 주로 했다. 황제를 잡으려다가 오히려 선수가 잡히기 때문이다.

팬들은 그런 실리적인 선택을 알면서도 아쉬워한다.

그래서 황제를 사냥할 때면 열광하며 좋아한다. 주로 팀이 승리하고 있을 때나 시도하는 퍼포먼스의 일종이었다.

그러한 개념이 배틀필드에 오랫동안 굳어져 있었기 때문에, 지금 눈앞에 보이는 광경에 충격을 받을 수밖에 없었다.

일전에 남아공전에서 혼자 황제를 사냥한 것도 혁명적인 퍼포먼스였다. 실리를 위해서 안 건드리던 황제를 혼자 잡고서 막대한 사냥 포인트를 얻었으니까.

싸워봐야 득이 없던 황제를 실리 덩어리로 만든 셈이었다.

그리고 지금…….

―서문엽 선수, 계속 공격을 퍼붓습니다. 황제, 대검으로 반격하려다가 공격을 받고 주춤주춤!

―대단합니다. 황제가 공격을 시도하려고 할 때마다 절묘하게 창을 찔러서 방어를 강요합니다. 황제의 템포를 계속 잘라먹고 있어요!

한국의 중계진은 경탄을 거듭하며 서문엽과 황제의 결투를 해설했다.

파팟!

서문엽은 좌우로 스텝을 밟으며 황제를 교란시켰다.

그리고 오른쪽으로 점프!

파앗!

까아앙!

공중에 도약한 채 위에서 아래로 힘껏 창을 내질렀다.

황제는 왼손에 든 대검으로 방어를 해야 했다.

그러면서 오른손의 대검을 휘둘러 반격하려고 했다.

비록 만들어진 가짜라지만 구사하는 검술의 원형은 실제 만인룡 황제의 것.

방어에서 반격으로 이어지는 연계 속도는 딜레이가 거의 없었다.

하지만 서문엽의 다음 동작도 딜레이 없이 바로 이어졌다.

창을 짧게 쥔 채 가까이로 치고 들어가 대검을 휘두를 공간을 내주지 않은 것.

그러면서 증폭된 '분석안'을 계속 본다.

증폭된 분석안이 황제의 다음 동작을 보여주었다.

황제는 즉각 뒤로 한 걸음 내디뎌 대검을 휘두를 공간을 확보하면서 공격을 펼치고 있었다.

역시나 훌륭한 움직임이다. 빈틈이 없는 동작이었으니까.

하지만 상대가 이미 알고 있다면 어떨까?

서문엽은 황제가 오른발을 뒤로 움직이며 뒷걸음질을 친다는 걸 보았다.

그 말은 왼발은 축이 되어 앞에 있다는 뜻.

창으로 왼발을 찔렀다.

움찔!

황제는 움직임을 급정지시키며 대검으로 왼발을 방어해야 했다.

흐름을 끊고 주도권을 쥘 뻔했던 기회를 방어에 소모한 것이다.

창이 연속 찌르기를 펼치며 위로 점점 올라갔다.

왼발, 낭심, 어깨, 목.

차차차차착!

황제는 계속 방어에 몰두해야 했다.

계속 밀리나 싶었던 순간, 황제는 두 대검을 십자로 교차해 방어하고는 그대로 돌진했다. 몸통으로 들이받을 작정이었다.

그리고 두고두고 하이라이트로 장식될 명장면이 연출되었다.

서문엽이 몸을 최대한 웅크리며 교차된 대검 사이로 통과해 버린 것이다.

그 옆을 생쥐처럼 날렵하게 지나가 버리고는, 180도 턴을 하며 방패로 후려치기.

뻐억!

천하의 황제가 머리통을 얻어맞고 비틀거렸다.

"와아아아!"

"뭐야, 저게!"

"저게 가능해?!"

경기장이 떠들썩해졌다.

―기술에서 완전히 압도하고 있습니다. 황제가 어떻게 움직이는지 다 알고 허를 찌르는 공격만 펼치고 있어요! 그러니까 황제를 몰아붙일 수 있는 겁니다!

그런 공격 한두 번 받았다고 황제가 죽지는 않았다.

'차라리 나였다면 공격받는 걸 감수하고 무식하게 공격만 퍼부었을 텐데. 그러기에 만인릉 황제의 검술은 아주 세련됐지.'

서문엽은 황제를 능수능란하게 사냥하면서 생각했다.

영혼이 있는 실제 만인릉 황제가 아니어서 그런지 임기응변 없이 검술만 펼치니 손쉬웠다.

거기다가 증폭된 분석안까지 있지 않은가.

이제는 실제 황제의 영혼이 깃들어 사령 언데드가 된다 해도 이길 자신이 있었다.

'어서 끝내자. 영국 놈들이 뭘 할지 모르니까.'

서문엽은 황제 사냥에 박차를 가했다.

*   *   *

궁전의 북서쪽, 높은 건물 위.

황제의 거처가 창문을 통해 보이는 지점.

개리 윌리엄스는 그곳에 모습을 드러냈다.

'좋아, 보인다.'

던전에서 시력이 5배 증가하는 강화된 시력을 가진 개리.

그는 창문을 통해 황제와 서문엽이 싸우고 있는 모습이 코앞에서 보듯 잘 보였다.

그는 이제 자신의 트레이드마크가 된 합금 장궁에 화살을 걸고 당겼다.

그런데 그때, 개리는 문득 어떤 미세한 소리를 들은 것 같아서 좌우를 둘러보았다.

좌측에서 껑충껑충 뛰며 달려오는 선수가 보였다.

묶은 머리를 강아지 꼬리처럼 흔들며 신명나게 달려오는 여자.

같은 소속 팀 동료이기도 한 선수였다.

'이나연?'

개리는 화들짝 놀랐다.

적으로 만나면 가장 성가실 것 같은 소속 팀 동료 1순위, 이나연이었다.

개리가 놀란 것은 이나연이 이곳을 향해 똑바로 달려오고 있다는 사실이었다.

주변 정찰이 아니라, 아주 확고한 목적지가 있는 질주.

'내가 여기 있는 걸 어떻게 알고?'

은밀하게 이동했다고 자부했는데 마치 이나연은 다 알고 있다는 듯이 이곳으로 오고 있었다.

'몸을 숨길까?'

본능적으로 그런 생각이 들었지만, 이내 고개를 저었다.

어찌 된 일인지 짐작할 수 있었기 때문이다.

'구단주의 오더로군. 내가 이곳에 올 줄을 다 알고 있었던 거야.'

정확하게 이 포인트를 예측하다니, 역시나 구단주는 대단했다. 엄청난 전투 능력뿐만 아니라 이런 지모가 더 경이로웠다.

'손바닥 위에서 놀고 있었군. 이러면 저격은 소용없다.'

개리는 즉각 위치를 옮겼다.

타깃은 이곳으로 오고 있는 이나연으로 변경했다.

다행히 아직 이나연은 자신을 눈으로 보지 못했다.

창문을 통해 옆 건물로 건너뛰었다.

위치를 변경하고서는 여전히 화살이 걸려 있는 활시위를 당겨 이나연을 조준했다.

예상 못 한 방향에서 화살이 날아오면 이나연도 못 피할 것이다.

물론 이나연은 무척 빠르지만, 발이 빠를 뿐이지 순발력이나 반사 신경이 빠른 것은 아니니까.

동선을 예측하고 기다리고 있는 개리.

이나연이 시야에 들어온 순간, 언제든 화살이 날아갈 터였다.

그런데 적절한 타이밍이 왔는데도 이나연이 시야에 안 나타나자 개리는 당황했다.

즉각 다시 위치를 바꿔서 반대편 창문으로 들여다보았다.

아니나 다를까, 이나연은 방향을 돌려서 반대로 우회하고 있었다.

'내 시야에 드러났을 것을 짐작하고 화살에 안 맞으려고 우

회하는군. 정말 똑똑해졌어!'

개리는 이나연의 똑똑한 행동에 감탄했다.

극단적일 정도로 장점이 한 가지밖에 없는 저 어린 여자가 선수로서 부쩍 성장했음을 느낄 수 있었다.

서문엽이 아니었으면 누가 저런 선수의 가치를 알아차리고 키울 수 있었을까?

'재미있군. 하지만 영국 선수로서는 썩 달갑지 않다.'

개리는 이제 신중하게 기다리지 않고 바로 활을 쐈다.

쐐액!

"훗차!"

이나연은 활기찬 기합과 함께 몸을 둥글게 말며 공중제비를 돌았다.

화살은 절묘하게 빗나갔다.

개리는 이나연의 착지 지점을 예측하며 화살을 한 대 더 쐈다.

이나연은 한 발로 착지하자마자 다시 점프했다.

아슬아슬하게 화살이 그녀가 디뎠던 땅에 박혔다.

이번에는 이나연도 화살을 쐈다.

이나연의 활은 개리의 합금 장궁처럼 위력이 강하진 않았지만 대신 가볍고 연사에 유리했다.

연거푸 화살 3대를 속사로 쏴재끼자, 개리는 즉시 왼쪽으로 피했다.

쨍그랑!

화살 3대가 창문을 뚫고 들어왔다.

왼쪽으로 피했던 개리는 몸을 낮춘 채 창문 아래를 지나 오른쪽으로 이동했다.

오른쪽 창문에서 화살을 1대 더 쐈다.

하지만 이나연은 이미 건물 뒤편으로 숨어버린 뒤였다.

서로 화살을 쏘는 대결로는 시력이나 활의 위력이나 모두 아래인 자신이 불리하다는 걸 잘 아는 이나연이었다.

대신 보이지 않는 곳에서 엄청나게 빠른 발로 움직이며 상대의 예상에서 벗어난 방향에서 돌입하는 수법은 이나연의 특기였다.

'이런 식으로 싸우면 내가 불리하군.'

개리는 쓴웃음을 지었다.

이나연은 순수 달리기도 빠른데 '점프'를 정면으로 펼치는 앞 점프로 미친 스피드를 구사할 수 있었다.

개리가 '강화된 시력'을 갖고 있다지만, 이곳처럼 장애물이 많은 곳에서는 안 보이는 곳에서 미친 듯이 움직이는 이나연이 유리했다.

여기서 계속 싸우다가는 이나연이 계속 유리한 지점을 먼저 점유하며 괴롭힐 터였다.

물론 개리도 이나연에게 당하지 않을 자신은 있었다.

개리의 민첩성은 85인데, 던전에 원거리 딜러로 출전하면 무려 +10이 된다.

이나연의 약한 화살에 당할 그가 아니었다.

'하지만 이나연은 날 킬할 생각이 아니겠지. 날 여기에 최대한 오래 붙잡고 있으며 괴롭힐 작정일 거야.'

어느새 영국 통합 대표 팀 내에서 중요한 위치를 차지하고 있는 개리를 이나연이 붙들어놓을 수 있다면 한국의 이득이었다.

아마 거기까지 계산한 서문엽의 판단일 터였다.

'어서 벗어나서 동료들과 합류하자.'

*　　　*　　　*

—개리 발견! 교전 중!

이나연이 소리쳤다.

아마 서로 화살을 교환하며 싸우는 중인 모양이었다.

황제를 사냥하고 있던 서문엽은 계속 지시를 내렸다.

"계속 거기에 붙잡아놓고 있어라."

—네!

"개리는 아마 대표 팀 내에서 피에트로가 공간 이동으로 나타나면 즉시 활로 저격해 견제하는 역할을 맡고 있을 거야."

—넹! 궁전으로 오지 못하게 계속 위협할게요!

이나연은 곧바로 지시의 뜻을 이해했다. 전술이 76/83이라서 그런지 말이 잘 통했다.

차츰 황제를 죽여가고 있는 서문엽은 궁전에 들어와 있는 영국 통합 대표 팀을 어떻게 타격 입힐지 구상하고 있었다.

'피에트로를 공간 이동으로 불러서 공격을 펼치면 타격을 입힐 수 있어. 하지만 위험도 크지.'

피에트로가 소환하는 영령들은 건축 구조물을 통과하지 못한다.

영혼은 물리적인 영향을 안 받지만, 소환되었을 때는 오러를 육체 대용으로 깃들어 있기 때문이다.

나선 계단처럼 복잡한 지형에서 싸우면 피에트로의 초능력이 반감될 수 있었다.

로이 마이어처럼 똑똑한 녀석이 그 점을 감안 안 할 리가 없었다.

'심지어 그 녀석은 얼음벽으로 지형을 바꿔 버릴 수도 있으니까.'

이 상태에서 할 수 있는 정석적인 판단은 황제만 사냥하고 물러나는 것이다.

그러면 영국은 황제를 내준 대신 궁전에 있는 스켈레톤 근위대를 사냥하여서 사냥 포인트를 대량 획득할 수 있으니 서로 공정하게 이득을 거둔 채 상황이 끝난다.

'그래도 여기까지 와서 황제를 잡았는데 그냥 공정한 득실 교환으로 넘어가고 싶지는 않단 말이지.'

서문엽은 고민 끝에 결심을 내렸다.

"전부 이리로 와."

모든 한국 선수들에게 메인 오더를 내렸다.

"여차하면 궁전에서 한 타 싸움 할 거니까 각오하고 와."

영국 통합 대표 팀이 이곳에서 근위대를 다 사냥하는 데는
시간이 필요하다.

서문엽은 동료들을 전부 데려와서 그 사냥을 방해할 생각
이었다.

개리는 이나연이 막고 있으니 상황이 나쁘지 않았다.

이나연은 한 타 싸움에서는 가치가 떨어지지만 개리는 아
니었다.

*　　　　　*　　　　　*

이나연은 끊임없이 위치를 바꾸며 기습을 가했다.

동서남북 어느 방향에서 공격해 올지 모르니 개리 윌리엄
스는 쉬이 움직일 수가 없었다. 이나연의 활동 범위가 너무
넓은 탓이었다.

'정말 까다롭게 하고 있군.'

개리 윌리엄스의 전술적 이해력은 86.

계속된 충돌에서 이나연의 목적이 무엇인지 쉽게 알아차릴
수 있었다.

"로이, 이 여자가 내가 궁전으로 가는 것을 방해하고 있다."

그 말뜻을 로이 마이어는 바로 이해했다.

―크게 싸움을 일으키려는 것이군. 우리가 근위대를 사냥하게 놔둘 생각이 없는 거야. 서문엽이 강수를 두는군.

현재 궁전은 서문엽 혼자 황제와 싸우고 있었고, 영국 팀은 10명이서 근위대를 사냥하고 있었다.

궁전 최상층에 올라가 서문엽의 사냥을 훼방 놓는 일도 고려하지 않은 것은 아니나, 자칫 잘못하면 황제의 공격에 휘말려서 오히려 이쪽이 피해 볼 수 있다는 위험 탓에 놔두고 있었다.

서문엽은 황제의 검술을 소상하게 파악하고 해법을 찾은 것 같으나, 영국 측은 그렇지 않았던 것이다.

그렇다고는 해도 이쪽은 10명.

그런데 혼자 있는 서문엽이 오히려 강수를 두며 배짱을 부리니 괘씸했다.

―그냥 물러날까 보냐. 개리, 궁전에 바로 돌아올 필요는 없고, 대신 궁전 주변을 탐색하면서 조승호를 찾아 처치해.

"아하, 그러면 되겠군. 그렇게 하지."

개리는 로이 마이어의 판단에 감탄하며 수긍했다.

남아공전에서 보았듯이 조승호는 궁전 인근 어딘가에 '투명화'를 써서 잠복해 있을 터였다.

서문엽이 황제를 사냥하고 나면 조승호가 '오러 전달'로 재

충전시켜 주는 역할이다.

그 전에 조승호를 처치해 버리면 서문엽의 힘이 반감되는 효과였다.

'조승호는 가까이에 있는 사람에게만 오러 전달을 할 수 있다. 구단주와 접촉하기 전에 처치해야겠어.'

같은 YSM 소속인 개리 윌리엄스는 조승호가 어디에 숨어 있을지 추측되는 곳이 몇 군데 있었다.

YSM에서 팀 훈련을 할 적에 조승호가 만인릉 던전에서 주로 어디에 숨는지 겪어봤기 때문이다.

그때부터 개리는 궁전으로 접근하려는 시도를 하면서 이나연과 싸웠다. 그러면서도 궁전 주변을 맴돌며 조승호를 찾아다녔다.

'투명화'를 한 채로 웅크리고 있는 조승호가 유리한 숨바꼭질이지만, 조승호는 조금이라도 움직이면 '투명화'가 해제된다는 단점이 있었다.

쉬익—

이나연이 어느새 뒤쪽에서 나타나 기습을 가했다.

항시 사방을 둘러보며 이동하고 있던 개리는 어렵지 않게 이를 피하며 역습을 가했다.

쉬익! 쉭!

한차례 화살로 공방을 주고받다가 이나연은 또 쏜살같이 사라졌다.

개리는 사방이 노출된 곳을 피해 철저하게 안전히 이동하면서 궁전 주위를 훑었다.

그냥 훑은 것이 아니었다.

조승호가 숨었을 만한 골목길이 발견되면 주위의 스켈레톤들을 유인하여서 끌고 들어갔다.

스켈레톤들이 지나가다가 숨어 있던 조승호와 부딪치길 기대한 수였다.

'타인과 접촉해도 투명화가 풀리지.'

개리는 조승호의 투명화를 해제시킬 약점을 잘 알고 있었다.

하지만 그가 모르는 것도 있었다.

          *   *   *

조승호는 긴장감으로 숨이 막혔다.

개리가 바로 코앞을 지나갔다.

기습할 기회였지만 조승호는 깨끗이 포기했다.

코앞에서 기습을 해도 개리를 당해낼 자신이 없었기 때문이다.

던전에서 피지컬이 상승하는 효과가 적용된 개리는 본래 근접 딜러 출신이라 가까운 거리에서도 전투의 달인이었다. 조승호는 자신에게 승산이 없다고 주제 파악을 한 것이다.

'미치겠네.'

개리를 쫓아온 스켈레톤 무리들이 우르르 지나갔다.

개중에 몇 놈은 조승호를 툭 치고 지나갔지만 다행히 의심 없이 그냥 지나가 버렸다.

스켈레톤들과 부딪쳤음에도 조승호의 '투명화'가 안 풀린 비결은 간단했다.

—투명화: 움직이지 않고, 소리 내지 않고, 다른 생명체와 접촉하지 않을 시 투명해진다.

스켈레톤은 생명체가 아니어서 접촉해도 '투명화'가 해제되지 않는 것이다.

이것만큼은 같은 소속 팀 동료인 개리도 간과했던 사실이었다.

개리가 같은 팀에 있으면서 조승호의 플레이를 소상하게 관찰한 것이 아니므로 이것까지는 알지 못했던 것이다.

'휴, 배짱부리고 계속 버티고 있길 잘했다.'

개리가 이나연을 끌고 다니면서 자신을 찾고 있다는 것은 진즉에 눈치챘다.

하지만 조승호는 대피하지 않고 끝까지 붙어 있었다.

대피하려고 움직이면 오히려 그때 개리에게 포착될 수 있었으니까.

오히려 그게 개리가 노린 바라는 것도 조승호는 염두에 두고 있었다.

더불어 스켈레톤들을 유인해 몰고 다니면서 자신을 찾아다니는 것을 보고 속일 수 있다는 확신이 들었다.

전술 88/90.

조승호는 개리 못지않게 고단수였다.

이 현황은 '시야 전달'을 통해 서문엽에게 알려주고 있었다.

이윽고 서문엽의 목소리가 들렸다.

─황제는 이제 금방이야. 금방 갈 테니까 거기 가만히 있어.

아니나 다를까, 잠시 후 던전에 안내 메시지가 들렸다.

─만인릉의 최종 보스, 만인릉 황제가 처치되었습니다.

서문엽이 황제를 사냥한 것이다.

이전에 남아공전에서보다 훨씬 빠른 기록이었기 때문에 조승호는 화들짝 놀랐다.

'완전 괴물이네.'

조승호는 구단주가 같은 인간 같지가 않았다.

더 강한 힘을 숨기고 있을지도 모른다는 상상도 했다. 언제부턴가 구단주는 한 번도 경기 중에 다급한 태도를 보인 적이 없었기 때문이다. 늘 여유가 있었다.

'오늘 경기도 알아서 이겨주겠지.'

조승호는 오러만 전달해 주고 경기가 끝날 때까지 편히 있고 싶은 마음뿐이었다.

"인마, 딴생각을 하냐?"

"헉!"

갑자기 뒤에서 목소리가 들리자 놀라서 소리를 내는 바람에 투명화가 풀리고 말았다.

서문엽이었다. 시야 전달로 조승호가 어디에 웅크리고 있는지 파악하고 있었던 것이다.

서문엽이 손짓하자 조승호는 '오러 전달'로 자신의 오러를 건넸다.

"오케이. 이제 조용한 데로 가 있어라."

"네."

조승호는 비로소 이 위험 지역을 떠나 안전한 곳으로 찾아 떠났다.

서문엽은 그 길로 개리를 추격하기 시작했다. 첫 킬 제물로 개리가 제격이었기 때문이다.

"이나연, 개리 어디 있어?"

—4구역이요. 서쪽으로 이동 중!

"오케이."

*   *   *

"개리, 소식이 늦는데?"

로이 마이어가 물었다.

그러자 개리의 목소리가 들렸다.

—조승호를 찾는 데는 실패했어. 아마도 지금쯤 이미 서문엽이 '오러 전달'을 받은 것 같다.

로이 마이어도 같은 생각이었다.

이미 황제를 처치했다는 안내도 떴는데 서문엽이 행동을 지체할 이유가 없었다.

'그럼 이제 서문엽은 다른 한국 팀원과 합류했다가 궁전에 오는 건가? 가만히 합류하길 기다리고만 있지는 않을 것 같은데……'

빨라진 스피드만큼이나 플레이가 더 적극적으로 변한 서문엽이었다.

로이 마이어는 문득 서문엽이 개리를 타깃으로 삼지 않았을까 싶었다.

개리는 지금 이나연이 따라붙은 터라 적에게 위치가 노출되어 있지 않은가. 서문엽의 좋은 먹잇감이었다.

"조심해. 서문엽이 널 노릴지도 모른다."

—제길, 그럴 것 같았어. 계속 귀찮게 굴던 이나연의 플레이가 변했거든. 서문엽과 합작할 생각일 거야.

그렇다면 개리는 지금 위기였다.

이나연도 서문엽도 엄청나게 빠른 이동 속도를 자랑했기 때문이다.

로이 마이어는 현재의 구도가 마음에 들지 않았다.

아직 서로 득실 차이가 비슷한 상황이지만, 내용 면에서는 한국에게 자신들이 계속 쫓기는 듯한 상황이었기 때문이다.

이는 한국이 한 타 싸움에서 안 진다는 자신감을 바탕으로 과감하게 나오고 있는 탓이었다.

'서문엽과 피에트로 아넬라. 한국이 이렇게 배짱부리는 것은 두 선수를 믿어서다.'

특히 서문엽은 8강전에서 혼자 이탈리아 대표 팀을 쓸어버리다시피 한 탓에 자신감이 넘칠 터였다.

아무리 불리한 상황이 되어도 자신의 힘으로 승리를 쟁취할 수 있다고 말이다.

'결국 부딪치긴 해야 한다. 그렇다면 둘 중 하나만 있을 때 싸우는 게 낫겠다.'

결정을 내린 로이 마이어는 개리에게 지시했다.

"그대로 북쪽으로 서문엽을 유인해."

—서문엽을 떼어놓고 싸우려고?

"맞아."

—끄응, 그럼 아마 난 데스되겠는데. 날 희생한 대가로 더 큰 걸 얻어내야 해.

"우리만 믿어."

그렇게 개리를 미끼로 써서 서문엽을 멀리 떼어놓기로 했다.

그사이에 다른 영국 선수들은 한국 측을 치겠다는 계획이었다.

"서문엽은 유인에 오래 속지 않을 거야. 워낙 날쎄서 되돌아오는 속도도 빠를 거고. 속전속결로 한국을 치고 빠진다."

고개를 끄덕인 영국 선수들은 로이 마이어를 따라 한국 측 방면으로 빠르게 달렸다.

*   *   *

─서문엽 선수는 이나연 선수와 함께 개리 윌리엄스 선수를 쫓고 있고, 한국 측 선수들은 궁전으로 향하고 있는 상황.

─세상에서 가장 빠른 두 선수가 쫓고 있으니 개리 윌리엄스 선수는 곧 잡히겠네요. 상황이 우리 선수들에게 웃어주고 있습니다.

한국 중계진은 상대가 로이 마이어가 있는 영국이지만 밝은 목소리로 상황을 중계했다. 미국도 이겼고 이탈리아도 피에트로 없이 이겼으니 영국이 대수냐 싶은 분위기였다.

─그런데 개리 윌리엄스 선수가 지금 두 선수를 유인하는

것 같지 않나요?

—흐음, 확실히 그런 느낌이 듭니다. 노골적이지는 않지만 궁전에서 서서히 멀어지고 있어요.

그런데 그때, 영국 팀이 일제히 궁전에서 나와 남하하기 시작했다. 남쪽은 한국 선수들이 오는 방향이었다.

—어엇?! 영국 팀이 일제히 움직이기 시작합니다!

—서문엽 선수가 없는 동안 공격하겠다는 속셈입니다. 로이 마이어 선수가 결단의 칼을 뽑았네요. 서문엽 선수는 개리 윌리엄스 선수를 쫓느라 이걸 모르는 눈치입니다.

—유인당하고 있다는 걸 지금쯤 알고 있겠죠. 그런데 그냥 돌아가자니 다 잡은 개리 윌리엄스 선수를 그냥 놔주게 되는 셈이라서 포기하기 아쉽겠죠. 본대에 피에트로 선수가 함께 있으니 큰 위기는 없을 거라고 판단한 것 같습니다.

—예, 확실히 영국 측도 피에트로 선수가 함께 있는데 함부로 싸움을 걸지는 못하겠죠.

한국 측은 서문엽, 이나연, 조승호를 제외한 8명이 서로 거리를 두지 않고 똘똘 뭉쳤다. 피에트로의 보호를 받기 위해서였다.

피에트로가 있는데 대놓고 싸움을 걸진 못할 거라고 한국 측은 믿고 있었다.

괜히 정찰을 하겠다고 나섰다가 영국 측에 걸려서 킬을 내주지만 않으면 피해 보지 않을 거라는 생각이었다.

서문엽도 로이 마이어의 의도가 본대와 떨어져 정찰하던 한국 선수 한둘을 잘라먹고 빠질 생각이라고 추측하고 있었다.

그러나 이는 오판이었다.

로이 마이어는 피에트로 때문에 한국 측이 과도한 자신감을 보이고 있는 점을 역으로 파고들 생각이었던 것이다.

─영국! 그대로, 그대로 덤벼듭니다! 진짜 제대로 맞붙을 생각이었습니다!

─피에트로 선수, 조심해야 합니다! 로이 마이어! 로이 마이어가 가장 먼저 피에트로 선수를 노릴 거거든요!

크게 전투가 벌어졌다.

로이 마이어는 곧바로 '얼음 봉인'을 펼쳤다.

둥그런 원이 지면에 나타나 로이 마이어의 조종에 따라 피에트로에게로 움직였다.

그 원 안에 들어간 사람을 얼음 속에 20초 봉인시키는 것이 로이 마이어의 초능력 '얼음 봉인'인 것이다.

피에트로는 침착하게 전투가 벌어지자마자 영령들을 대거

소환했다.

그리고 그 와중에도 로이 마이어가 '얼음 봉인'으로 자신을 노리고 있음도 감지했다.

그러나 그 수법이 피에트로가 보기에는 퍽 유치한 수준이었기 때문에 오히려 방심했다고 봐도 무방했다.

파앗!

피에트로는 둥그런 원이 자신에게 다가오자 공간 이동으로 피했다.

그 순간, 로이 마이어가 조종하던 원도 갑자기 엄청난 속도로 피에트로가 나타난 지점으로 이동했다.

엄청나게 빠른 속도였다.

순간 이동을 펼친 지 거의 1초 만에 원이 피에트로의 발밑까지 도달했다.

그동안 로이 마이어는 '얼음 봉인'의 컨트롤을 기를 쓰고 익혀왔다. 서문엽 같은 강적을 상대할 방법이라고는 이것밖에 없다고 직감했기 때문이다.

그 노력의 성과가 지금 나타났다.

쩌저저저적!

피에트로가 거대한 얼음 속에 갇혔다.

공간 이동을 연속으로 펼치면 쉽게 피할 수 있는 수법이라 착각해 버렸다.

배틀필드 중에는 공간 이동에 제한이 있다는 것을 깜빡한 실수였다.

"됐다! 쳐!"

"나머지는 별거 아냐! 다 죽여!"

로이 마이어가 피에트로를 일시적으로 봉인시키는 데 성공하자 영국의 기세가 드높아졌다.

*　　　　*　　　　*

피에트로의 공간 이동 재사용 시간은 3분.

'얼음 봉인'은 20초.

공간 이동을 쓰자마자 '얼음 봉인'에 걸렸으니, 봉인에서 풀리고도 2분 40초간 공간 이동을 쓰지 못한다.

"20초다. 놈을 확보해!"

로이 마이어가 소리쳤다.

영국 통합 대표 팀이 노도처럼 밀어붙였다.

봉인이 풀린 순간 피에트로는 무방비 상태. 까다로운 적을 손쉽게 처치할 기회였다.

"사수해! 피에트로를 보호해!"

한국 측도 백하연의 주도하에 피에트로 보호에 나섰다.

피에트로가 '얼음 봉인'에 갇히자 오러 공급도 끊겨서 마법진들은 사라졌다.

하지만 이미 소환한 영령들은 여전히 날뛰었다. 오러 공급이 더 이상 이루어지지 않아서 영령들의 힘도 금방 떨어졌지만, 그럼에도 불구하고 위력이 여전히 가공할 정도였다.

"크악!"

—피에트로 아넬라, 1킬.

영령들에게 이리저리 난타를 받은 영국의 근접 딜러가 데스당했다.

펼쳐지다가 말았는데도 위력이 이 정도였던 것이다.

"이쪽으로 모여!"

로이 마이어가 버럭 소리치며 '눈보라'를 펼쳤다.

쏴아아아아아!!!

그의 왼손에서 눈보라가 몰아쳐서 영령들을 쓸어버렸다.

영국 선수들은 로이 마이어 주변에 집결하여 영령들의 공세를 피할 수 있었다.

그 순간.

파앗!

백하연이 순간 이동으로 코앞에 나타나 검을 휘둘렀다.

줄곧 로이 마이어를 처치할 기회를 노리고 있었던 것이다.

주변에 영국 선수들이 모두 집결해 있었기 때문에 그 한복판에 나타나 공격할 줄은 예상 못 했으리라 기대한 기습이었다.

하지만.

캉!

로이 마이어는 다섯 가닥의 칼날이 달린 지팡이로 공격을 막아냈다. 믿을 수 없는 반응 속도에 도리어 백하연은 깜짝 놀랐다.

'예상하고 있었어!'

기습하려는 기색을 읽었다는 것에 자존심이 상했다.

"어딜 함부로!"

"죽여!"

주변의 영국 선수들이 백하연을 공격했다.

팟!

공중으로 도약한 백하연은 채찍을 뒤로 뻗었다.

채우현이 날아드는 채찍을 오른팔로 휘감아 붙잡아주었다.

그대로 채찍을 힘껏 당기며 공중에서 방향을 꺾어 날아갔다.

눈보라를 뿌리는 와중에도 기습을 감지하고 막아낸 로이 마이어. 그리고 적 한복판에 침투한 뒤에 절묘하게 살아 돌아온 백하연.

둘이 한 수씩 주고받았지만 백하연은 로이 마이어에게 압도당한 느낌을 떨칠 수 없었다.

"답례를 해줘야지."

로이 마이어는 눈보라가 뿜어져 나오는 왼손을 한국 선수들을 향해 뻗었다.

진정한 재앙이 펼쳐졌다.

쏴아아아아아!!

"크악!"

"오러를 끌어 올려서 버텨!"

탱커들이 앞에서 견뎌내려 했지만 위력이 너무 강했다.

—로이 마이어, 1킬.

—로이 마이어, 2킬.

한국이 기록한 2킬이 한순간에 따라잡혔다.

영국의 공세는 지금부터였다.

*   *   *

양 팀의 치열한 전투 소식은 궁전에서 북쪽으로 조금 떨어진 곳에도 안내 메시지로 들려왔다.

—로이 마이어, 3킬.

삽시간에 3킬째를 거둔 로이 마이어.

"아주 난리 났네, 난리 났어."

서문엽은 개리가 데스당해 사라진 자리에서 창을 회수했다.

개리 윌리엄스는 끈질기게 버티며 시간을 끌려 했지만 결국 서문엽의 투창에 가장 먼저 사살됐다.

하지만 그 틈에 한국에 싸움을 건 영국이 지금 리드하고 있었다.

현재 전투 상황은 그 근처로 접근한 조승호가 시야 전달로 보여주고 있어서 서문엽도 볼 수 있었다.

눈보라에 데스당한 3인은 최만식, 유벽호, 심영수였다.

보조 탱커인 최만식은 타고난 오러양이 적은 탓에 눈보라를 견디지 못하고 탱커들 중 가장 빨리 데스됐다. 그러자 그 뒤에 있던 유벽호와 심영수까지 쓸려 나간 것이다.

'다행히 탱커는 한 명밖에 안 죽었구나.'

채우현과 최혁, 신태경, 백하연이 똘똘 뭉쳐서 얼음 속에 봉인된 피에트로를 보호하고 있었다.

봉인이 풀리기까지 남은 시간은 15초.

영국 측은 악다구니를 쓰며 덤벼들었다.

한국 선수들을 밀어내고 피에트로를 확보하지 않으면 15초 후에 지옥이 열리기 때문이다.

'하여간 저 자식은 의욕이 전혀 없지.'

'얼음 봉인'에 당한 피에트로를 보며 서문엽은 혀를 찼다.

"너희들, 내가 지금 달려가니까 포기하지 말고 버텨."

—옛!

"넷티."

"네!"

"넌 먼저 뛰어가서 도와."

"넹!"

이나연은 앞 점프를 연거푸 펼치며 쏜살같이 달려 나갔다.

앞 점프로 20m씩 껑충껑충 거리를 단축시키는 이나연의 특유의 주법은 축지법이나 마찬가지였다.

심호흡을 한 서문엽도 혼신의 힘을 다해 달리기 시작했다.

속도 100/101.

내구력을 포기한 대신 경량화된 갑옷 차림.

서문엽은 엄청난 속도로 뛰어갔다.

단숨에 궁전에 이르렀고, 그대로 남쪽으로 계속 달리며 전투 현장으로 향했다.

서문엽이 달리는 동안 분전을 펼치는 한국 팀의 상황은 조승호의 시야 전달로 계속 지켜보았다.

최혁, 채우현, 신태경, 백하연.

넷이서 봉인된 피에트로를 둘러싼 채 치열하게 싸우던 한국 팀은 이나연이 급속도로 합류한 덕에 힘을 얻었다.

앞 점프를 마구 펼쳐서 합류한 이나연은 후방에서 활을 쏘며 영국 팀을 교란시켰다.

하지만 점프를 너무 사용한 탓에 오러가 많이 소진돼 이나연의 움직임은 많이 굼떠졌다.

"바짝 쫓아! 오러가 떨어져서 점프를 계속할 수 없을 거야!"

로이 마이어는 놓치지 않고 오더를 내렸다.

그 판단은 정확했다.

영국의 원거리 딜러 잭 말론이 불의 거인을 만들어 이나연을 바짝 압박했다.

이나연은 바닥이 드러나기 시작한 오러양이 부담됐지만 다시금 점프로 피할 수밖에 없었다.

점프를 되도록 쓰지 않으려고 하니 달아나는 데 더 신경 써야 했고, 화살을 쏠 여유가 사라져 버렸다.

─카일 윈스턴, 1킬.

그사이 끈질기게 버티던 한국의 탱커진도 한계가 찾아왔다.

최전방에서 영국의 커다란 클래식 탱커들과 몸싸움을 벌이던 최혁이 그만 밀려난 끝에 데스를 당하고 말았다.

백하연이 계속 채찍을 써서 탱커들을 돕고 있었지만 손이 열 개가 아니었으므로 한계가 있었다.

총체적인 난국.

이제 몇 초 후면 피에트로의 봉인이 풀릴 터였다.

메인 탱커 최혁이 데스로 이탈해 버리자 한국은 급속도로 무너졌다.

영국의 숫자는 9명.

개개인의 실력에서도 밀리는데 수적 불리함을 극복할 수 있을 리가 없었다.

그때였다.

─피에트로 포기하고 오른쪽으로 물러나서 재정비해.

서문엽의 오더가 떨어졌다.

"피에트로를 포기하라고?"

백하연이 물었다.

─어차피 못 막잖아. 빨리 오른쪽으로 물러나라고. 이나연도.

한국은 하는 수 없이 오른쪽 방향으로 물러났다.

영국은 얼음 속에 갇혀 있는 피에트로를 둘러쌌다. '얼음 봉인'이 풀리자마자 처치할 의도였다.

피에트로에게 0.1초의 시간도 주지 않겠다는 영국 통합 대표 팀의 의지. 그만큼 피에트로에 대한 경계심이 컸다.

다만 한국도 한숨 돌렸다.

오른쪽 방향으로 물러난 이유는, 바로 그곳에 조승호가 숨어 있었기 때문이다.

─조승호, 모두에게 남은 오러를 조금씩 나눠줘.

"네."

조승호는 살아남은 네 사람에게 자신의 모든 오러를 골고

루 나눠줬다. 그 덕에 바닥을 보였던 오러가 다소 충전됐다.

―잭 말론, 1킬.

피에트로는 결국 봉인이 풀리자마자 데스되었다.

"마저 처치할까?"

잭 말론은 물러나 있는 한국 선수들을 보며 물었다.

로이 마이어는 고개를 저었다.

"서문엽이 도착할 때가 됐어. 일단 물러나서……."

그런데 말이 끝나기가 무섭게, 돌연 한국 선수들이 일제히 달려들기 시작했다.

조승호까지 포함하여 5인이 일제히 돌격을 감행한 것이다.

패색이 짙어 보이던 한국 측이 먼저 무모하게 덤비는 이유는 하나였다.

"뒤!"

로이 마이어가 소리쳤다.

영국의 탱커 2명이 즉각 후방을 경계했다.

후방에 서문엽이 나타났다.

서문엽은 씨익 웃었다.

"싸움은 이제부터야. 더 놀아야지?"

서문엽은 거침없이 덤벼들었다.

양방향에서 한국이 덤벼들자 영국도 전투태세를 갖췄다.

중심에 있는 것은 역시나 로이 마이어.

쏴아아아아!!

눈보라 한 방에 한국 선수 5인의 돌격이 멈춰 버렸다.

그러나 이나연이 하늘 높이 점프하여 눈보라를 피한 뒤, 공중에서 화살을 연거푸 쐈다. 로이 마이어를 노려서 눈보라를 멈추게 할 속셈이었다.

그러나 로이 마이어는 왼손으로 펼치는 눈보라를 계속 시전한 채, 오른손에 든 지팡이로 화살을 모조리 쳐냈다. 꿈쩍도 하지 않고 막아내자 이나연의 안색이 굳었다.

이번에는 백하연이 나섰다.

팟!

3미터 떨어진 지점에 나타나 채찍으로 로이 마이어를 후려쳤다.

"어림없다!"

영국 탱커가 앞을 가로막아 채찍을 방패로 튕겼다.

―로이 마이어, 4킬.

결국 조승호가 눈보라를 못 견디고 바로 데스되었다. 오러가 다 고갈되어 눈보라에 저항하지 못한 것.

하지만 그러고 있을 때, 반대편에서는 정반대의 양상이 벌어졌다.

─서문엽, 2킬.

　서문엽이 연속 찌르기로 가로막던 탱커 한 명을 처치했다.
　창으로 계속 찔러 방어를 하게 만든 후, 증폭된 분석안으로
움직임을 예측해 빈틈에 바로 찔러 넣어버린 것이다.
　탱커가 죽고서 파고들 공간이 드러나자, 서문엽은 재빨리
치고 들어갔다. 홀로 적 사이에 들어가는 데에 조금의 망설임
도 없었다.
　화르르르륵!
　불의 거인이 나타나 앞을 가로막았다. 영국의 원거리 딜러
잭 말론의 초능력이었다.
　하지만.

─서문엽, 3킬.

　잭 말론은 날아오는 창을 보지 못하고 허무하게 데스되었
다. 그가 만든 불의 거인도 함께 소멸됐다.
　이미 증폭된 분석안으로 잭 말론이 무엇을 할지 알고 있었
다. 때문에 불의 거인이 만들어짐과 동시에 스핀을 먹인 투창
으로 반격한 것이다.
　불의 거인이 오히려 잭 말론의 시선을 사로잡고 있어서 바

깥에서 안으로 휘어지는 창의 궤적을 알아차리지 못한 것.

"이때다!"

근접 딜러들이 일제히 서문엽에게 덤볐다. 창을 던진 바람에 무기가 없는 틈을 노려 밀어붙였다.

그러나 서문엽은 방패 하나로 그들의 공격을 모조리 블로킹했다.

현란한 방패의 움직임.

그와 함께 좁은 공간을 120% 활용하며 끊임없이 공세를 피해 다니는 무빙.

"저, 저게 인간이라고?"

"말도 안 되는……!"

협공을 펼쳤던 영국 측이 오히려 예술에 가까운 디펜스에 압도되었다.

어쩔 수 없었다.

기술 119/120.

인간의 수준을 한참 벗어난 서문엽의 테크닉은 그들이 대적할 수 있는 것이 아니었으니까.

그사이에 새 창을 꺼낸 서문엽이 반격에 나섰다.

파파파파파팍!

역시나 연속 찌르기.

인간의 경지를 초월한 민첩성과 기술을 모두 실을 수 있는 최고의 공격이었다.

"으악!"

—서문엽, 4킬.

근접 딜러 하나가 창에 찔려 아바타가 소멸됐다.

또 한 명도 연속 찌르기에 대적 못 하고 연거푸 뒷걸음질을 치다가 길 잃은 화살에 맞아버렸다.

—이나연, 1킬.

이는 사실상 서문엽이 올린 킬이었다.

이나연이 마구 난사하던 화살 중 하나가 이쪽으로 오는 걸 증폭된 분석안으로 확인했다. 그래서 연속 찌르기로 밀어붙여서 화살에 맞도록 유도한 것이다.

"내가 맡을 테니 다른 적을 처치해!"

로이 마이어가 서문엽을 응시하며 소리쳤다.

서문엽도 아이리시 위저드에게는 경계심을 느꼈다.

'저 녀석, 아직도 얼음벽을 안 썼단 말이지.'

중요한 전투에서는 어김없이 펼쳐졌던 로이 마이어의 얼음 벽이 아직 쓰이지 않았다.

그에게 무언가 노림수가 있다는 뜻이었다.

'피에트로를 얼음 봉인으로 처치한 것만 봐도 단단히 준비

한 티가 난단 말이지.'

로이 마이어와 대치한 채로 서문엽은 경우의 수를 계속 추측했다.

증폭된 분석안도 쓰지 않았다.

증폭된 분석안의 효능은 로이 마이어처럼 지능적인 플레이를 하는 선수에게 더욱 치명적이다.

하지만 서문엽은 로이 마이어가 무언가 열심히 준비해 온 모양이니 그 노력을 높이 사 순수한 실력으로 상대해 주기로 했다.

*   *   *

서문엽과 로이 마이어의 대치.

로이 마이어는 아직 경기 중에 얼음벽을 쓰지 않았다.

오러를 아끼는 것일까?

그럴 수도 있다.

얼음 봉인, 눈보라, 얼음벽. 하나같이 오러 소모가 큰 굵직 굵직한 초능력밖에 없는 로이 마이어다.

하지만 서문엽은 그 속내를 파악할 수 있었다.

'녀석이 준비한 결정타는 얼음 봉인이야.'

숱한 강자들을 물리치고 대한민국을 승리로 이끄는 서문엽과 피에트로를 상대할 수 있는 방법은 그것밖에 없다고 판단했을 것이다.

실제로 피에트로를 잡았을 때 보여줬던 얼음 봉인의 컨트롤은 실로 대단했다.

피에트로가 공간 이동을 펼치자 얼음 봉인의 표식이 거의 1초 만에 도달해서 잡아내지 않았던가.

'그 게으른 자식, 로이 마이어의 시야 밖으로 벗어났어야지.'

건물 같은 은폐물을 이용해 시야 밖으로 공간 이동을 했으면 얼음 봉인에 단번에 갇히는 참사는 안 났을 것이다.

워낙 의욕이 없는 피에트로라 걸려든 것도 있지만, 얼음 봉인의 표식이 예상보다 훨씬 빠르고 정확하게 도달한 것도 있었다.

그렇다면 얼음벽은 얼음 봉인과 함께 펼칠 가능성이 높았다.

'얼음벽으로 내 움직임을 제한시키고, 그 틈에 얼음 봉인으로 끝낼 생각이겠지.'

서문엽은 스피드가 피에트로와 전혀 다르다.

얼음 봉인 표식의 컨트롤이 아무리 좋아도 서문엽을 잡아내기란 어렵다.

그래서 얼음벽과 함께 펼쳐 잡으려는 것일 터.

팟!

서문엽이 먼저 움직였다.

한국 측이 매우 불리한 상황이라 급한 쪽은 서문엽이었다.

그 순간, 로이 마이어가 왼손을 뻗었다.

'얼음벽?'

아니었다.

쏴아아아아!!

눈보라가 쏟아졌다.

서문엽은 오러를 끌어 올려 눈보라로부터 몸을 보호했다. 그러나 계속 맞고 있으면 타격을 받기 때문에 방패로 가리며 물러났다.

하지만 그대로 한 방 먹고 고분고분 물러나는 건 서문엽의 스타일이 아니었다.

쉬익!

상체를 비틀며 낮은 자세로 창을 던졌다.

거의 바닥을 긁듯이 낮게 던진 창은 강한 회전력이 실린 탓에 잠수함처럼 떠올랐다.

쏟아지는 눈보라를 피하기 위해 낮게 날아간 투창의 궤적은 절묘하기 이를 데 없었다.

"윽!"

깜짝 놀란 로이 마이어는 급히 눈보라를 낮게 쏘았다.

쏴아아아아!

눈보라가 아래로 쏟아지면서 땅에 맞고 솟구쳐 오르는 풍압이 창의 궤적을 흔들어놓았다.

결국 창은 로이 마이어에게 도달하기 전에 눈보라를 뚫지 못하고 튕겨 나갔다.

하지만 로이 마이어를 깜짝 놀라게 한 반격이었다.

로이 마이어는 식은땀을 흘렸다.

방금의 투창은 평범한 반격이 아니었다.

눈보라로 인해 시야가 다소 가려진 상황에서 창을 던져 허를 찔렀기 때문에 자칫 알아차리지 못할 뻔했다.

눈보라를 쓰다가 창 맞을 수 있으니 조심하라고 경고를 받은 셈이었다.

하지만 로이 마이어는 그 정도 심리적 압박에 굴하지 않았다.

'눈보라가 아니면 뛰어드는 속도가 너무 빨라서 대처할 수 없다.'

서문엽이 또다시 달려들자, 즉각 눈보라로 대응했다.

쉬익!

그 순간 창이 눈보라를 크게 우회해서 로이 마이어를 향해 꺾여 들어왔다.

이번에는 방패로 창을 던지는 동작을 숨긴 테크닉을 선보인 서문엽이었다.

하지만 로이 마이어도 눈을 부릅뜨고 경계하고 있었기 때문에 이번에도 눈보라를 쏴서 창을 날려 버렸다.

그런데 그때였다.

"내가 도와줄게. 창 날아오는 건 걱정하지 마."

동료 탱커 한 사람이 다가왔다.

로이 마이어는 화들짝 놀랐다.

"안 돼!"

"뭐?"

탱커는 어리둥절했다. 도와주러 왔는데 안 된다니?

이유는 곧 밝혀졌다.

서문엽이 냅다 달려들기 시작한 것이다.

로이 마이어가 눈보라로 대응하자, 옆으로 우회해서 탱커가 있는 쪽으로 방향을 틀었다.

로이 마이어는 동료 탱커가 앞을 가리고 있어서 눈보라를 계속 쏠 수가 없었다.

로이 마이어와 서문엽이 같은 생각을 한 것이다.

탱커에게 접근한 서문엽은 좌우로 스텝을 밟으며 지그재그로 방향을 교란시켰다.

그 속도가 너무 빨라 탱커는 정신을 못 차렸다.

움찔한 탱커는 큰 사각 방패 안에 몸을 웅크렸다.

순간.

팟!

서문엽은 투창 그립으로 창을 쥔 채 오른쪽으로 빠져나왔다.

눈은 로이 마이어를 응시하고 있었다.

"아, 안 돼!"

깜짝 놀란 탱커가 같은 방향으로 뛰어들었다. 로이 마이어를 보호하려는 지극히 탱커다운 반응.

휘릭!

콰직!

"크억!"

그대로 빙글 회전한 서문엽은 창을 뒤로 찔러서 탱커의 허벅다리를 찔렀다.

던지는 척하다가 창 뒤쪽의 이중날로 정확히 공격한 것.

눈은 여전히 로이 마이어만 보고 있으면서 펼친 일격이라 탱커는 속임수에 걸려들 수밖에 없었다.

한쪽 다리를 당해 비틀거리는 탱커는 서문엽의 좋은 먹잇감이었다.

그대로 방패를 앞세워 밀어붙이자 탱커는 몸싸움을 견디지 못하고 뒤로 밀려났다.

그대로 창으로 찔러 마무리.

—서문엽, 5킬.

그때였다.

동료 탱커의 아바타가 소멸되자마자, 로이 마이어의 눈보라가 쏟아졌다.

아바타가 사라지는 타이밍에 바로 쏴버린 기습 공격!

"큭!"

파앗!

서문엽은 인간의 한계를 벗어난 반사 신경을 보여주었다.

죽은 탱커 때문에 시야가 가려졌다가 코앞에서 눈보라가 다가오는 걸 봤는데, 그걸 피해냈다.

왼쪽으로 한 바퀴 구른 서문엽은 몸을 일으키기도 전에 창을 집어 던졌다.

쉬익!

로이 마이어는 몸을 낮춰 날아오는 창을 피했다.

그러고는 그대로 돌진하면서 눈보라를 계속 퍼부었다.

로이 마이어가 달려들 거라고는 생각도 못 했기 때문에 깜짝 놀란 서문엽은 방패로 막아내면서 연신 뒤로 물러났다.

눈보라는 공격 범위가 넓어 방패로만 막아내기 힘들기 때문에 가까이서 맞을수록 타격이 컸다.

계속 뒤로 밀려 나가다 등 뒤에 건물이 닿았다.

건물이 세워진 곳까지 몰아세워진 것.

'지금이다!'

'지금이다!'

로이 마이어와 서문엽은 동시에 판단했다.

쩌저저저적!

로이 마이어가 마침내 얼음벽을 펼쳤다.

서문엽이 건물을 등지고 있는 상황. 지금이야말로 얼음벽으로 움직임을 제한시킬 수 있는 좋은 기회였던 것이다.

하지만 거의 동시에 서문엽이 공중으로 뛰어올랐다.

건물을 디디며 계속 뛰어올라서 솟아오르는 얼음벽보다 더 높이 도약했다.

그대로 공중제비를 돌며 얼음벽을 건너뛰는 데 성공!

"……!"

로이 마이어는 경악했다.

자신의 생각을 완전히 읽혔기 때문이다.

얼음벽을 펼침과 동시에 얼음 봉인을 준비한 로이 마이어는 공중에서 창을 던지는 서문엽의 반격에 대응이 늦었다.

"크윽!"

뒤늦게야 바닥을 구르며 창을 피했다.

하지만 이어서 착지한 서문엽이 새 창을 꺼내 맹렬한 연속 지르기를 퍼붓자 더는 피하지 못했다.

'죽어라!'

쏴아아아!

급한 대로 쓰러진 채로 손을 뻗어 눈보라를 있는 힘을 다해 퍼부었지만.

촤아아아아악!

서문엽은 방패를 들어 눈보라를 막으며 계속 한 발 한 발 전진했다. 지근거리에서 쏘아진 눈보라라 위력이 상당한데도 끝내 견뎌내며 계속 나아갔다.

푹!

—서문엽, 6킬.

창으로 찔러 마무리.
로이 마이어는 끝내 일대일 대결에서 패하고 말았다.

*   *   *

—1 대 0! 대한민국이 1세트를 승리합니다. 영국이 유리한
구도에서 전투를 벌였지만, 끝끝내 서문엽 선수가 살아남아
남은 영국 선수들을 모두 처치해 버렸습니다!

—피에트로 선수가 일찍 잡히는 바람에 전세가 확 기울었
었거든요. 그런데 서문엽 선수가 놀라운 활약으로 다수의 영
국 선수들을 다 해치워 버렸습니다. 그중에는 로이 마이어 선
수도 있었거든요!

—예, 로이 마이어 선수와의 일대일 대결이 참 인상적이었
죠. 긴장감 넘치는 수 싸움이 있었는데, 서문엽 선수가 얼음
벽 쓰는 타이밍을 읽고 대처하면서 승리를 거뒀습니다.

—이로써 스코어는 1 대 0. 대한민국이 앞서나갑니다. 결승
진출이 점점 보이고 있습니다!

한국 측은 마지막까지 살아남아 1세트를 승리시킨 서문엽이 접속 모듈에서 나오자 다른 선수들이 껴안으며 격하게 환영하고 있었다.

반대로 영국 측은 초상집 분위기.

피에트로를 조기에 잡아버리는 최상의 시나리오가 이루어졌음에도 패배한 것이 정신적으로 큰 충격이었다.

"제길, 서문엽이 너무 괴물이야."

"어떻게 저렇게까지 강할 수가 있지?"

피에트로도 없겠다, 수적으로도 유리하겠다, 로이 마이어까지 서문엽에 대항할 준비를 철저히 해왔겠다, 질 이유가 없었다.

그런데도 기어코 서문엽이 혼자 판세를 역전시켜 버렸다.

로이 마이어는 기분이 침울했지만 티를 내지 않고 애써 동료들을 위로했다.

"아무리 서문엽이 강하다지만 우리가 너무 방심해서 그에게 많은 킬을 내줬어. 다음 경기는 보다 침착하게 해보자고."

"그건 맞아."

"제길, 돌파를 허용하지 말았어야 했는데. 우리 탱커들이 너무 쉽게 돌파당하는 바람에 킬이 많이 벌어졌어."

"딜러들도 같이 견제를 잘해줘야지 탱커들이 서문엽을 막을 수 있어. 수적으로 유리해서 방심하는 바람에 서로 따로 논 거야."

영국 통합 대표 팀은 반성과 격려를 하며 2세트를 준비했다.

하지만 로이 마이어는 1세트의 패배를 떨칠 수가 없었다.

'이길 수 있을까?'

인간 같지 않은 스피드.

코앞에서 눈보라를 맞았는데도 그걸 견디며 전진할 정도로 막대한 오러양.

거기에 얼음벽과 얼음 봉인으로 서문엽을 잡으려 했던 노림수까지 통하지 않은 상황.

'피에트로 아넬라도 더는 아까처럼 얼음 봉인에 걸려들지 않을 거야.'

이번 대회에서 서문엽 다음으로 두려운 적은 피에트로 아넬라였다. 다니엘 만츠나 나단 베르나흐, 제럴드 워커 등은 이전에도 많이 싸워봤지만 피에트로 아넬라는 미지의 상대였기 때문이다.

그가 1세트에서 한 번 당한 수법에 또다시 당할 것 같지도 않았다.

이제 모든 의도가 들켰으니 2세트에서 한국을 어떻게 막아야 할지 막막하기만 했다.

이어서 2세트 경기가 펼쳐졌다.

2세트 던전은 아즈사의 나선 굴.

이번에는 한국이 먼저 적극적으로 영국 진형을 향해 다가

가기 시작했다.

1세트에서 승리하고 나니 한 타 싸움에서 안 진다는 자신감이 붙었기 때문이다.

영국은 사냥 경로를 우회하며 접촉을 피하려고 했지만, 한국이 적극적으로 접근하려고 하니 마냥 피할 수만도 없었다.

결국 싸움을 피할 수 없다는 생각이 들자 로이 마이어는 과감하게 한판 붙어서 승부를 내기로 했다.

쩌저저저저저적!!

로이 마이어가 일찌감치 얼음벽을 펼쳤다.

이번에는 서문엽을 노린 얼음벽이 아니었다.

오히려 다른 한국 선수들을 한 타 싸움에 끼지 못하게 격리시켜 버리는 절묘한 한 수였다.

이나연, 심영수, 조승호, 최혁, 최만식 등 무려 5명이 얼음벽에 가로막혀 싸움에 끼지 못하고 멀뚱히 볼 수밖에 없게 된 상황.

11 대 6으로 유리하게 시작된 싸움이었는데, 결과는 예상 밖이었다.

파파파파파파파파파팟!

피에트로가 마법진 13개를 꺼내 들고 영국 선수들을 휩쓸어 버린 것이다.

마법진들 중 하나는 로이 마이어의 코앞에 이동시켜서 시야를 가려 버렸다. 시야가 가려진 탓에 로이 마이어는 얼음 봉인을 피에트로에게 쓸 수 없었다.

그렇게 간단하게 로이 마이어를 견제한 피에트로는 영령들을 잔뜩 소환해 몰아쳤다.

—피에트로 아넬라, 1킬.
—피에트로 아넬라, 2킬.
—피에트로 아넬라, 3킬.

이번에는 꽤나 신경 쓰고 싸웠다.

로이 마이어가 눈보라를 펼쳐서 영령들을 처치하려 했지만, 눈보라에 맞는 영령들에게 오러를 더 보내줘서 쉽게 죽지 않도록 컨트롤까지 해줬다.

게다가 마법진이 1, 2개씩은 꼭 로이 마이어를 쫓아다니며 시야를 계속 차단했다.

피에트로가 나름대로 신경 써서 제 역할을 다 해주자, 미쳐 날뛰는 것은 서문엽이었다.

제5장
결승 진출

'빌어먹을, 충분히 유리한 구도였는데!'

로이 마이어는 이를 악물었다.

얼음벽으로 무려 적을 5명이나 고립시켰다. 11 대 6의 싸움
으로 충분히 해볼 만했다.

그런데 1세트와 달리 신경 써서 실력 발휘를 하는 피에트로
가 균형을 다시 맞춰 버렸다.

삽시간에 영국 측 3명을 데스시키고, 마법진 2개로 로이 마
이어를 철저히 견제한 것이다.

그로 인해 불리한 구도가 다시 반전되자 잘 깔린 싸움판에
서 서문엽이 날뛰었다.

―서문엽, 1킬.

―서문엽, 2킬.

삽시간에 연속 2킬이 터져 나왔다.

'충분히 유리한 상황에서 싸웠는데도 이러면……'

로이 마이어는 안색이 잔뜩 굳었다.

'어차피 못 이긴다는 거다.'

이번 월드컵을 위해 얼마나 많이 준비했던가.

이 로이 마이어가 이렇게 무기력하게 완패를 당한다고?

로이 마이어는 이를 악물었다.

그럴 수는 없다.

이렇게 맥없이 당할 수는 없다.

"크아아!"

로이 마이어가 눈보라를 사방에 쏟아내기 시작했다.

쏴아아아아아!

사방에서 활개를 치던 영령들이 눈보라에 휘말려 하나둘
소멸됐다.

그때 휙 하고 마법진 하나가 또 로이 마이어의 눈앞을 가로
막았다. 분노가 치민 로이 마이어는 자신의 지팡이를 그대로
마법진에 꽂았다.

파지지직!

지팡이에 오러를 잔뜩 주입하여서 마법진을 정면으로 부수려고 든 것이다.

로이 마이어도 오러양은 세계 정상급 선수였다.

그가 온 힘을 다해 공격하자 마법진이 부서졌다.

콰지지직!

마법진 하나를 깨부순 로이 마이어는 서문엽을 바라보았다.

때마침 서문엽도 로이 마이어를 다음 사냥감으로 정한 상태였다.

서문엽이 먼저 달려들었다.

로이 마이어는 눈보라를 뿌리며 접근을 저지했다.

그리고 다른 손으로 얼음 봉인을 시전했다.

파앗!

얼음 봉인의 둥그런 표식이 바닥에 나타났다.

표식이 서문엽을 쫓아다녔다.

한 손엔 눈보라.

다른 손으로는 얼음 봉인 컨트롤.

눈보라로 움직임을 늦춘 뒤 얼음 봉인에 가두겠다는 의도였다. 서문엽을 잡기 위해 사력을 다해 덤비는 것이었다.

이미 패배를 직감했지만, 마지막 저항이었다. 서문엽을 잡고 흐름을 다시 돌려놓겠다는 로이 마이어의 포기를 모르는 근성이었다.

서문엽은 그런 그를 보며 씨익 웃어 보였다.

그러고는.

휙.

그냥 돌아서서 다른 영국 선수를 처치하러 떠났다.

'아…….'

로이 마이어는 순간 허탈감이 찾아왔다.

아주 간단하게 마지막 희망이 깨져 버렸다.

서문엽은 로이 마이어와 일대일로 싸워주지 않는다는 판단을 해버린 것이었다.

일대일 대결은 1세트로 충분한데, 다 이긴 게임에서 뭐 하러 일대일 승부에 응해줘서 빌미를 주냐는 서문엽의 멋진 판단.

일대일 승부로 킬 스코어러인 서문엽을 붙잡아놓으려 했던 로이 마이어의 희망이 산산이 부서지는 순간이었다.

—서문엽, 3킬.

서문엽은 좌충우돌하며 영국의 포메이션을 분쇄하고 있었다.

한국의 킬 포인트 50% 이상을 담당하는 서문엽은 그 진가를 똑똑히 보여주고 있었다.

—피에트로 아넬라, 4킬.

영국 통합 대표 팀은 무너져 내렸다.

로이 마이어는 모든 오러를 눈보라로 쏟아부으며 3킬을 기록했지만 대세를 바꾸진 못했다.

"와아아아!!!"

"대한민국!"

"대한민국!"

경기장의 한국 관중들이 대한민국을 외치며 기뻐했다.

한국 대표 팀 선수들은 접속 모듈에서 나오자마자 서로를 얼싸안으며 기뻐했다.

한국이 배틀필드 역사상 처음으로 월드컵 결승 진출을 달성한 순간이었다.

무표정의 피에트로는 자신을 끌어안고 방방 뛰는 이나연을 몹시 성가셔했다.

서문엽도 웃고 있다가 문득 영국 측 더그아웃을 바라보았다.

초상집 분위기 속에서 로이 마이어가 힘없이 걷고 있었다.

'안됐군. 꽤 강적이었는데.'

섣부른 동정 같은 건 하지 않았지만, 로이 마이어는 승리를 향한 강한 집념이 남다른 선수여서 인상 깊었다.

승부욕이야 일류 선수라면 누구나 강하지만, 로이 마이어는 그것을 넘어서서 반드시 이겨야 한다는 책임감까지 짊어지고 있는 자였다.

어느 팀에서나 늘 리더이자 던전에서 동료들을 지휘하는 사령관이었기에 짊어진 짐의 무게가 남달랐다.

패색이 짙어지면 될 대로 되라는 심정으로 싸우게 마련인데, 로이 마이어는 팀의 리더였기에 그러지 않고 끝까지 이기기 위한 플랜을 머릿속에 넣고 싸웠다.

1세트나 2세트 모두 전투의 시작은 영국이 충분히 유리한 구도였다는 점에서 서문엽은 로이 마이어에게 감탄했다. 이기기 위해서 덤비는 기세를 느낄 수 있었던 것이다.

문득 로이 마이어가 퇴장하기 전에 고개를 돌려 한국 측을 바라보았다. 그러다가 서문엽과 눈이 마주쳤다.

서문엽은 살짝 고개를 끄덕여 주었다.

나름대로 적에게 경의의 뜻을 보낸 것이었다.

말이 없어도 뜻을 통했다. 로이 마이어도 고개를 살짝 끄덕여 화답해 보이고는 쓸쓸히 퇴장했다.

4강전 2경기, 대한민국 대 영국.

최종 스코어 2—0, 대한민국이 결승에 진출했다.

결승 무대에서는 프랑스가 기다리고 있었다.

*   *   *

비록 결승 진출에 실패했지만 영국 통합 대표 팀은 이번 월드컵에서 실패한 것이 아니었다.

오히려 월드컵 4강은 지금까지 중 최고의 성적표였다.

하지만 모두들 우승을 기대했기 때문에 실망을 감추지 못

했다. 잉글랜드, 스코틀랜드, 웨일즈, 아일랜드 4국이 통합된 대표 팀을 출범하고서 월드컵 우승도 노려볼 만하다고 그동안 신나게 떠들어왔던 언론들이 있었기 때문이다.

그 언론들은 영국에 귀국한 대표 팀을 붙잡고 패배 원인을 추궁했다. 그들에게 월드컵 우승컵을 가져다줄 것이라 믿어 의심치 않았던 로이 마이어가 집중적인 질문의 대상이 되었다.

"마이어 씨, 패배의 원인이 무엇이라고 생각합니까?"

로이 마이어는 다소 피곤한 안색으로 말했다.

"자질구레한 변명은 하고 싶지 않습니다. 솔직히 말해서 역량 차이였습니다."

"어떤 역량 말씀이십니까?"

"팀의 힘입니다. 우리는 한국보다 약했습니다. 서문엽과 피에트로 아넬라의 조합은 예상보다 강해서 대적하기 어려웠습니다."

"어차피 이길 가망이 없는 경기였다는 뜻입니까?"

"1세트도 2세트도 결정적인 전투는 우리가 우세한 상황에서 펼쳐졌다고 자부합니다. 하지만 그렇게 유리하게 싸웠음에도 끝내 졌습니다. 이것은 우리가 어떻게 해도 이길 수 없었다는 뜻입니다."

"한 타 싸움에 강점을 지닌 한국에게 너무 정면 승부를 고집하신 게 실책이라고 생각되진 않으십니까?"

기자들은 집요하게 물고 늘어졌다.

죄송하다고 절이라도 해야 한단 말인가?

로이 마이어는 짜증을 느꼈지만 침착하게 말했다.

"운영도 결국은 결정적인 싸움을 유리하게 치르기 위한 준비 과정입니다. 그보다 더 좋을 수 없는 상황에서 전투를 펼쳤는데 그게 잘못됐다고 보이지는 않습니다. 그리고 한 타 싸움을 피하며 운영으로 승부를 보기에는 우리 또한 기동력이 그리 좋지 않았습니다."

영국 통합 대표 팀은 전통적 클래식 탱커에 마법형 원거리 딜러들을 조합한 '기사와 마법사' 스타일.

프랑스처럼 발 빠른 기동력으로 상대를 끊임없이 압박하고 빠른 사냥 등에서 이득을 챙기는 장기적인 운영이 취약했다.

게다가 한국은 서문엽이라는 괴물이 있었다.

시간이 흐를수록 서문엽이 사냥 포인트를 쓸어 담으며 쑥쑥 성장하는데 그걸 방치해서는 감당이 되지 않았다. 예전 A매치 때와는 전혀 차원이 달라진 서문엽이었다.

"2세트 마지막 전투에서 서문엽 선수가 로이 마이어 선수와의 대결을 피하는 모습을 보였는데 이를 어떻게 생각하십니까?"

서문엽이 로이 마이어와의 일대일을 피했다는 것을 강조하고 싶었던 것일까.

로이 마이어는 고개를 저었다.

"완벽한 판단이었습니다. 한국 대표 팀은 서문엽과 피에트로 아넬라를 제외하고는 킬을 낼 수 있는 선수가 별로 없습니

다. 저를 상대하느라 시간을 지체했으면 상황이 어찌 변했을
지 몰랐겠죠."

로이 마이어는 이어서 말했다.

"일대일 대결에서 서문엽을 이길 수 있는 선수는 존재하지
않습니다. 서문엽과 피에트로 아넬라의 조합은 앞으로 모든
배틀필드 클럽이 어떻게 상대해야 할지 고민해야 할 숙제가
될 겁니다."

*   *   *

―일대일 대결에서 서문엽을 이길 수 있는 선수는 존재하
지······.

로이 마이어의 인터뷰를 TV로 본 미청년은 곤란하다는 듯
이 머리를 긁적였다.

"너무들 하네. 빈말이라도 '나단 베르나흐와 좋은 대결이
될 것'이라고 립 서비스 좀 해주지."

나단 베르나흐는 한국과의 결승전을 앞두고 심사가 복잡했
다.

이번 월드컵은 상당히 기대를 하고 있었다.

톱3로 함께 손꼽히는 라이벌들은 물론 서문엽까지 최고 경
쟁에 가세한 지상 최고의 무대!

나단은 이곳에서 모두 이기고 최고의 선수가 될 거라는 투지를 불태우고 있었다.

결국 나단은 프랑스를 결승전까지 이끌면서 최고의 자리까지 마지막 능선만 남겨놓고 있었다.

'서문엽에게 지난날의 복수를 하고 싶었는데.'

일전의 팀 연습 때 서문엽과 치렀던 처음이자 마지막 대결을 아직도 잊지 못했다.

그때 서문엽에게 패배하고서 내색하지는 않았지만 자존심이 무척 상했다. 기필코 설욕하고 다시 최강자로 인정받겠노라고 벼르고 별렀다.

그런데…….

'대체 왜 이렇게 강해졌지? 무슨 훈련을 하고 있는 거야?'

서문엽은 완전히 다른 사람이 되었다.

힘이 세지고 스피드는 이제 나단도 깜짝 놀랄 정도로 빨라졌다. 월드컵에서 한국을 만난 모든 팀이 서문엽에 대적하지 못하고 거꾸러졌다.

단 한 팀도 서문엽을 제대로 막지 못했다.

제럴드 워커도, 치치 루카스도, 심지어 로이 마이어도 서문엽을 위기다운 위기 상황에 몰아넣지 못했다.

이 짧은 기간에, 심지어 그 나이에 그토록 성장하는 게 가능했단 말인가?

부담스럽다.

나단은 서문엽과 싸워서 이길 수 있다는 확신이 안 들었다.

하지만 질 수는 없었다.

자신의 이름은 이미 승리의 상징이 되어버렸다. 진다면 그만큼 팬들이 실망할 것이다. 나단 베르나흐라는 이름이 가진 무게감이었다.

"서문엽을 보고 있던 거야?"

팀 동료 근접 딜러인 루이 코시엘이 다가와 물었다.

짙은 갈색 머리칼에 작은 체구를 한 이 선수는 파리 뤼미에르 BC 소속으로 유소년 시절부터 쭉 함께해 온 오랜 동료였다.

"신경 쓰여서. 다들 내가 서문엽에게 질 것처럼 얘기하잖아."

나단은 TV를 꺼버리며 불만스레 대꾸했다.

루이 코시엘은 미소를 지었다.

"로이 마이어의 인터뷰? 제럴드 워커에 비하면 그 정도는 배려심 넘치지."

나단은 그 말에 실소했다.

자신과 서문엽이 싸우면 30초 안에 죽는다던 제럴드 워커의 신랄한 발언이 떠올랐다. 그 30초도 분신 둘이 도망치다가 잡히는 데 걸리는 시간이라나?

"그래서? 본인 생각은 어떤데."

루이 코시엘이 물었다.

나단 베르나흐가 말했다.

"혼자서는 안 되겠어. 아무리 봐도 킬을 할 수 있는 기회가 안 보여."

나단은 서문엽의 경기를 살펴보며 그를 처치할 수 있는 기회가 있는지를 살펴보았다. 그리고 놀랍게도 그럴 기회가 한 번도 없다는 것을 알 수 있었다.

혼자의 힘으로는 서문엽을 처치할 수가 없었다. 그리고 나단은 경기 중에 군이 일대일을 고집하는 선수가 아니었다.

"아무래도 네 도움이 절실해, 루이."

"걱정 마. 내가 어떻게든 서문엽을 킬할 기회를 만들어줄게."

루이 코시엘이 쾌히 대답했다.

160㎝가 간신히 넘는 작은 루이 코시엘이었지만, 나단은 그런 동료가 누구보다도 믿음직스러웠다.

*　　　*　　　*

"나단 베르나흐는 너무 당연한 경계 대상이라 새삼 설명할 필요도 없겠죠."

라이너 하임 전술 코치의 설명에 한국 대표 팀 선수들은 고개를 끄덕였다.

라이너 하임 코치는 다른 프랑스 선수의 사진을 보여주며 계속 말했다.

"하지만 주의해야 할 사람은 바로 이 선수입니다."

키가 유난히 작은 선수의 영상이 보였다.

서문엽은 증폭된 분석안으로 영상 속 선수를 살폈다.

증폭된 분석안은 업그레이드되어서 이제는 실시간 영상이 아니어도 능력치를 살펴볼 수 있었다.

—대상: 루이 코시엘(인간)

—근력 63/63

—민첩성 93/93

—속도 85/85

—지구력 69/72

—정신력 88/88

—기술 82/82

—오러 75/75

—리더십 30/34

—전술 72/72

—초능력: 자폭

—자폭: 주변에 강력한 오러 폭발을 일으키며 사망한다.

뛰어난 민첩성을 가졌지만 그 외에는 아쉬운 능력치를 가진 근접 딜러.

그런데 딱 하나 있는 초능력이 그 선수의 용도를 알게 해준다.

영상도 그 초능력을 발휘하는 장면이었다.

자폭.

"살벌하네. 저건 뭐 테러리스트도 아니고……."

투덜거리는 서문엽에게 라이너 하임 코치가 말했다.

"이 선수가 바로 당신을 노릴 겁니다. 아주 명백히 말입니다. 이 선수는 자신의 목숨을 바쳐 당신에게 부상만 입혀도 성공한 겁니다."

그 말이 옳았다. 서문엽이 부상을 입어 거동이 불편해지기만 해도 승기는 프랑스 쪽으로 넘어가기 십상이었다.

한국은 서문엽 없이는 절대로 프랑스를 이길 수 없었다.

"삼촌, 쟤 조심해야 해. 루이는 유소년 시절부터 나단의 단짝이었어. 유소년 때부터 현재까지 줄곧 나단이 경기 중에 가장 거슬려하는 상대를 처치하는 역할을 맡았어."

같은 파리 뤼미에르 BC 소속이라 그를 잘 알고 있는 백하연이 말했다. 서문엽은 눈살을 찌푸렸다.

"친구를 희생시켜서 꺼려지는 적을 처치한단 말이지? 나단이 자식 음흉한 구석이 있군."

"뭐 어때? 던전에서는 마음껏 자폭해도 상관없는데. 그것 하나로 파리 뤼미에르에서 주급을 받는 선수인걸."

루이 코시엘은 매 경기 출전하는 주전 선수는 아니었다.

하지만 강팀을 상대로는 반드시 출전했다. 파리 뤼미에르 BC의 최후의 수단 같은 선수였다.

영상에 보이는 자폭의 폭발력은 상당히 위력적이었다.

'상당히 날쌘 녀석인데. 저 폭발에서 다치지 않고 무사히 피할 수 있으려나?'

초능력이 저거 하나인 만큼, 루이 코시엘은 자폭 타이밍을 기가 막히게 잘 잡았다. 자신의 목숨을 희생하는 것이기 때문에 절대로 헛되지 않게 자폭을 펼치려는 신중함이 돋보였다.

자폭을 두려워해서 상대가 대적하지 못하고 물러나게 만든다는 것 또한 루이 코시엘의 무서운 점이었다.

서문엽도 가까이서 싸우기보다는 창을 던져서 잡는 게 좋겠다고 생각할 정도였다.

라이너 하임 코치가 말했다.

"루이 코시엘의 존재는 생각보다 더 위협적입니다. 우리로서는 한 타 싸움에서 서문엽 선수가 나단 베르나흐를 잡아내는 것이 가장 이상적인 그림인데, 언제든 자폭할 준비가 된 선수가 적 중에 있으면 서문엽 선수도 함부로 달려들 수가 없죠."

"음, 확실히 꺼림칙하긴 하네."

서문엽의 순발력이라면 죽지는 않겠지만, 워낙 폭발력이 세서 부상은 피할 수 없을 것 같았다. 부상을 입기만 하면 나단 베르나흐가 그 기회를 놓칠 리 없었다.

문제는 그렇게 서문엽을 억제시키는 것만으로도 루이 코시엘은 제 역할을 100% 달성한 것이나 다름없다는 점.

분명 실력 자체는 별것 아닌데, 접근하면 자폭한다는 게 은

근 짜증 나는 상대였다.

그때, 조용히 있던 백제호가 입을 열었다.

"저 선수는 가만둬서는 안 돼. 저 선수가 사라져야 서문엽이 자유롭게 싸울 수 있어."

겨우 루이 코시엘 때문에 서문엽이 마음껏 싸우지 못한다는 것은 한국 대표 팀 입장에서는 있을 수 없는 일이었다.

곰곰이 생각하던 서문엽이 입을 열었다.

"견제를 하자는 거지?"

"맞아."

백제호는 고개를 끄덕였다.

견제 플레이로 루이 코시엘을 사전에 처치해 버리자는 것이었다.

"너와 하연이 둘이서 초반에 적진에 침투해 루이 코시엘을 잡는 거야. 사전에 처치하지 않으면 계속 방해가 될 거라는 게 우리의 생각이다."

"처치할 수 있다면야 그게 가장 확실하긴 한데……"

서문엽은 백제호와 코치진이 내린 방법론이 별로 마음에 들지 않았다.

"굳이 루이 코시엘을 두려워하고 있다는 걸 보여줄 필요가 있나? 루이 코시엘에게 더 자신감을 불어넣어 줄 뿐이야."

"두려운 게 아니라 폭탄을 먼저 제거하자는 거잖아."

"아냐, 이건 배짱 싸움이야. 저쪽도 분명히 큰 리스크를 걸고 있어. 자칫 잘못하면 아무 소득 없이 자폭을 하고 만다고 말이야. 저런 녀석에게 용기를 더 심어줘 봐야 더 배 째라고 과감하게 들이댈 뿐이야."

"실제로 접근시키면 우리가 곤란하잖아. 목숨 바쳐서라도 네게 부상이라도 입히면 이득이라고 생각할 녀석인데, 처음부터 우리가 불리한 싸움이잖아?"

"루이 코시엘도 두려움은 있어. 자폭을 했는데 내가 폭발에서 벗어날까 봐 두렵고, 혹은 자폭하기 전에 나에게 처치당할까 봐 두렵기도 하겠지. 한마디로 언제 자폭해야 할지 눈치를 보는 타이밍 싸움이야. 그 위험성을 확실하게 인식시켜 줘야 위축되어서 자폭 타이밍을 잡지 못하게 돼."

백제호와 서문엽이 논쟁을 벌였다.

라이너 하임 코치는 그 둘의 대화를 듣고 있다가, 문득 백하연에게 질문했다.

"백하연 선수, 루이 코시엘과 친합니까?"

"네."

백하연은 고개를 끄덕였다.

"공식전이나 연습 경기에서 그의 플레이를 많이 봤겠군요."

"네."

"매 경기마다 자폭을 하던가요?"

"그건 아니었어요. 자폭하려고 위협만 가해서 적을 위축시키는 심리적인 플레이도 즐겨 해요."

"경기당 자폭하는 회수를 평균으로 내면 어느 정도쯤일까요? 비공식적인 연습 경기까지 합쳐서 따졌을 때를 말하는 겁니다."

"다 합치면 대략 경기당 0.3회?"

백하연의 말에 라이너 하임 코치는 고개를 끄덕였다.

"자폭보다는 그것을 활용해 적을 위협감을 주는 심리전을 더 즐기는 것이군요."

"네, 자폭하면 본인도 더는 경기를 뛸 수 없기 때문에 아무래도 아쉽죠."

"그럴 겁니다. 일찍 데스당해서 접속 모듈에서 나왔을 때의 아쉬움과 크게 다르지 않을 테니까요."

"네, 조커 카드지 확고한 주전 멤버가 아니기 때문에 경기를 오래 뛰고 싶어 하는 건 다른 선수들과 마찬가지예요."

어느새 백제호와 서문엽도 논쟁을 멈추고 두 사람의 대화에 귀를 기울이고 있었다.

라이너 하임 코치가 또 물었다.

"상대 팀이 루이 코시엘을 우선적으로 노리는 경우가 많았나요?"

백하연은 고개를 끄덕였다.

"네, 놔두면 골치 아프기 때문에 사전에 처치하겠다고 견제 플레이도 많이 왔어요."

역시나.

생각하는 것은 다들 비슷했다.

자폭 테러를 감행하는 루이 코시엘은 다들 꺼려했던 것이다.

자폭으로 탱커 라인을 무너뜨릴 수도 있으니 사전에 처치하려 드는 게 당연했다.

서문엽이 백제호에게 말했다.

"거봐. 루이 코시엘을 견제 플레이로 미리 제거하자는 발상이 우리만 한 게 아니라니까. 한두 번 겪는 일이 아닐 텐데 당연히 프랑스 측도 대비를 하겠지."

"제 생각도 같습니다. 미리 제거하는 게 가장 최상의 시나리오라고 생각은 했습니다만, 생각해 보니 우리도 루이 코시엘을 두려워한다고 상대에게 알려주는 셈이라 달리 생각하게 되었습니다."

라이너 하임 코치도 거들자 백제호는 어깨를 으쓱했다.

"그럼 달리 해결책이 있어? 정말 엽이의 놀라운 순발력을 믿어보자는 건 아니겠지?"

이에 서문엽이 말했다.

"깊이 고민할 것 없어. 원거리 딜러가 셋이나 있잖아. 이나연이 활을 쏴도 되고, 심영수가 속박으로 묶어도 되고, 여차하면 피에트로가 처치해 버려도 돼. 아니면 정말 내가 자폭하기 전에 처치할 수도 있고."

"그건 그렇지. 하지만 문제는 나단 베르나흐와 함께 연계해서 공격해 오면 그 대책들이 실패할 수도 있다는 거야. 나단

이 먼저 분신으로 흔들고, 그 틈에 루이 코시엘이 침투하는
걸 조심해야 해."

전술이 정해지자 결승전에서 쓰이는 던전에서 전술 훈련을
시작했다.

특이하게도 월드컵 결승전에서는 단 하나의 던전만 쓰인다.

이 던전은 월드컵 결승전과 월드 챔스 결승전 이외에는 쓰
이지 않는 던전이기도 했다.

세계 최고의 무대 정상에서만 볼 수 있는 환상의 던전.

바로 최후의 던전이었다.

*   *   *

한국 대표 팀 선수들은 일단 최후의 던전을 쭉 둘러보면서
지형을 상세하게 파악하는 시간을 가졌다.

서문엽도 예외는 아니었다.

실제 최후의 던전을 공략한 장본인이었지만, 모든 지역을
샅샅이 다녀본 것은 아니었기 때문에 잘 살펴봐야 했다.

물론 누구보다도 최후의 던전 지리를 잘 아는 사람도 함께
였다.

[야, 피에트로. 너 괜찮은 거냐?]

서문엽이 오러를 써서 은밀히 말을 전달했다.

[뭐가 말이냐?]

[여기 아픈 추억이 있는 곳이잖아.]

[이미 벌어진 일인 걸 계속 연연해서 뭐 하겠나. 그걸 구체적으로 언급하는 네가 더 거슬리는군.]

최후의 던전을 붕괴시킨 장본인인 서문엽이 그렇게 물으니 더 얄미워 보이는 셈이었다.

[아, 여기다! 내가 죽은 곳이!]

서문엽은 마치 추억의 장소를 찾아낸 것처럼 신이 나서 달려갔다.

폭 3m 정도의 길로 아래로는 낭떠러지였다. 바로 서문엽이 괴물 떼를 저지하기 위해 싸우다가 절벽 아래로 떨어졌던 곳이다.

낭떠러지 아래를 내려다보던 서문엽은 고개를 휘휘 저었다.

"야, 내가 이런 데서 추락했다고? 정말 '불사'였네."

죽음에 이를 정도의 타격을 받은 곳이었지만 서문엽은 전혀 개의치 않아 했다. 오히려 즐거워했다.

다만 피에트로는 을씨년스러운 던전의 풍경을 눈에 담으며 상념에 잠겼다.

한때 대사제로서 통치하던 성역이었다.

이제는 사라지고 없는 곳을 이렇게 가상 던전에서 보고 있으니 쓸쓸한 기분이 들었다.

서문엽에게는 아무렇지 않게 대꾸했지만, 정말 아무렇지 않을 수는 없는 것이었다.

'태초의 빛이시여. 이것도 피할 수 없는 결말이었던 겁니까?'

바로 자기 자신이 지은 죄였지만, 피에트로는 분노를 느꼈다.

수많은 지저인이 살아갔던 찬란한 문명이 이제 파괴당하고 없었다.

예언대로 살아남은 동족은 빛이 내리는 땅에 정착하게 되었지만, 그 수가 너무 적었다.

빛이 내리는 땅에 인도한다는 예언을 처음 들었을 때는 굉장히 희망찼는데, 알고 보니 다 죽고 남은 일부 생존자만이 도달할 수 있는 곳이었다.

'당신의 예언은 절대로 바꿀 수가 없는 것입니까?'

문이 열리고 환란이 불어닥칠 것이다.

왕이 첫 번째 상급 사제의 영혼을 손에 넣었으니, 결국은 그 환란을 피할 수 없을 터였다.

그러면 이 빛이 내리는 땅마저도 무참히 파괴되는 것이었다.

피에트로는 주변을 둘러보며 지형 파악에 힘쓰고 있는 서문엽을 빤히 바라보았다.

분명 대단한 인간이지만, 왕에 대적하려면 아직 한참 멀었다.

'아직 시간이 더 필요하다. 첫 번째야, 네가 더 버텨야 한다. 네게 아직 긍지가 남아 있다면 쉽게 굴복하지 마라.'

제6장

결승전

거대한 동굴 속처럼 느껴졌다.

하지만 첫 번째 상급 사제는 이곳이 괴물의 몸속이라는 것을 알고 있었다.

'이토록 거대한 괴물이라니.'

몸에 흐르는 오러가 강물처럼 거대하게 느껴진다.

정녕 이게 한 생명체가 가질 수 있는 오러양인지 믿겨지지 않았다.

'이런 괴물 배 속을 내 발로 기어왔구나. 이렇게 어리석을 데가. 후회막급이다.'

첫 번째 상급 사제는 분통이 터졌다.

완전히 속아 넘어가 영혼까지 갖다 바쳐 이 꼴이 되었다.

가장 원망스러운 것은 바로 자신이니 누굴 원망할 수도 없어 한심스러웠다.

영령이 되어 선조들이 계시는 영령계에 가기도 틀렸고, 이제는 꼼짝없이 괴물의 배 속에 붙잡혀 지내는 처지였다.

자아가 마모되어 소멸될 때까지 이 비참한 처지를 벗어날 수 없다고 생각하니, 육신이 있었다면 통곡을 했을 것이다.

ㅡ흐흐흐흐.

별안간 웃음소리가 울려 퍼졌다.

괴물의 목소리였다.

첫 번째 상급 사제는 정신을 바짝 차렸다. 다시는 속지 말아야 했다.

ㅡ참으로 기분이 좋단 말이야.

ㅡ…무엇이 그리도 좋으냐.

ㅡ몰라서 묻나? 바로 네가 드디어 내 품에 들어왔기 때문이지.

ㅡ목적이 무엇이냐? 원하는 게 무엇이든 나는 결코 협조하지 않을 것이다.

ㅡ완강히 저항할 것이라는 건 예상한 바다. 부질없는 저항이라는 것을 얼른 깨달아야 할 텐데.

ㅡ내가 소멸될지언정 네놈의 뜻대로 될까 보냐.

ㅡ알 수 없군. 난 네가 원하는 대로 들어주었을 뿐인데 이리도 원한을 갖는군.

그렇게 말하는 왕의 말투에는 비웃음이 담겨 있었다.

―네놈은 사기꾼일 뿐이다!

―나는 그저 네가 믿고 싶은 대로 말해주었을 뿐이다. 그 덕에 절망과 시름뿐이던 네가 다시 삶의 목적과 활력을 되찾았는데, 이 래도 내가 사기꾼이냐.

첫 번째 상급 사제는 부아가 치밀었지만 대꾸할 말이 없었 다.

언급하면 할수록 스스로의 한심함만 떠오를 뿐이었다.

―들어보아라. 넌 좋건 싫건 이제 나와 영원히 함께해야 한다. 넌 내게 영혼을 바친 서약을 했고 난 정당하게 널 얻었다.

―난 속았을 뿐이다. 네가 어찌 말해도 그 사실은 변함없다.

―이제는 아무 의미 없는 이야기다. 중요한 것은 이제 넌 돌이 킬 수 없다는 것이다. 넌 나에게 속했다. 이제 너의 세계는 바로 나 다. 이전까지 네가 어떤 삶을 살았건 이제는 상관없는 이야기라는 말이다.

이는 사실이었다. 첫 번째 상급 사제를 절망스럽게 하는 이 유이기도 했다.

―그러니 너는 순순히 나의 일부가 되어라.

―미친놈.

―너는 느끼지 못하느냐? 이 위대한 나의 존재를 말이다. 그 누 가 나보다 강하겠느냐? 그 누가 나보다 위에 군림하겠느냐?

―…….

―나는 위대하다. 너희가 감당 못 하고 떠나 버린 세계를 지배하는 왕이다. 그런데 너를 보아라. 너는 어리석고 비루하며 이제 한 줄기의 희망도 없는 처지다.

―…….

―그렇게 비참한 지경의 네가 위대한 왕의 일부가 될 수 있는 것이다. 언제까지 네 과거를 붙잡고 괴로워할 것이냐? 그럴수록 너는 비참한 네 처지를 깨달을 뿐이다.

―닥쳐라! 비참할지언정 네놈을 따르지는 않을 테니까. 희망이 없다 해도, 그분이 계시는 곳에 영원히 갈 수 없다 해도, 그분의 가르침을 잊지는 않았다.

―이해할 수가 없군. 그게 너에게 무슨 득이 되지? 넌 이미 나에게 속해 있다. 결국은 나에게 완전히 복속될 것이다. 고집부리며 과거의 삶의 방식을 붙잡고 있어 봐야 스스로 괴로움을 느낄 뿐이다. 차라리 일찌감치 나에게 감화되어서 나의 위대함을 함께 만끽하는 것이 낫지 않느냐?

―득이 되지 않는다 해도 지켜야 할 신념이 있다. 넌 한낱 괴물에 불과하기 때문에 그걸 이해 못 할 뿐이지.

―신념? 신념이라…….

괴물은 신념이라는 개념에 호기심을 드러냈다.

―손해를 당한다 해도 지킬 정도로 굳게 믿는 마음인가. 그래, 그게 신념이라는 것이구나.

괴물은 금방 신념을 학습했다.

―그래, 네 말대로 그것이 너희와 나의 차이점인지도 모르겠군. 난 신념이 없거든. 내게 득이 안 되는데도 지켜야 하는 어리석은 고집 같은 건 이해 못 한다. 그런 게 무슨 의미가 있는지도 당최 이해할 수 없군.

―흥, 어련하겠느냐? 어쩔 수 없는 괴물의 한계이다.

―하지만 이상하군. 그런 게 있었으면 넌 왜 나에게 영혼을 바치는 서약을 했느냐?

―…….

―왜 내 말에 속았느냐? 신념이라는 게 있었다면 그런 일은 없어야 하지 않았나? 넌 나를 따를 때는 내 말을 자기 신념처럼 여기지 않았더냐?

첫 번째 상급 사제는 입이 열 개라도 할 말이 없었다.

―결국 신념이란 변치 않는 게 아니라, 그때그때 네가 믿고 싶어 하는 생각이 아니냐. 그러면 고집 피우지 말고 하루빨리 나를 따르는 게 합리적이다. 그래야 너의 괴로움도 끝나지 않으냐.

―절대 그럴 수는 없다.

완강하게 저항을 했지만, 첫 번째 상급 사제는 자꾸 자신의 마음속으로 파고들려고 하는 괴물의 말에 정신력이 약해졌다.

현재의 비참한 처지가 바로 스스로의 과오 탓이라는 점이 첫 번째 상급 사제에게 정신적인 약점이 되고 있었다. 어리석게도 괴물을 태초의 빛으로 착각하여 섬겼다는 부끄러움이

자아를 흔들고 있는 것이었다.

　—네가 있었던 그쪽 세계 말이다.

　괴물이 문득 화제를 전환했다.

　—그 세계에는 네가 미워하는 이들만 잔뜩 존재하지 않더냐. 복수하고 싶지 않나? 인간도 널 따르지 않은 네 동족도 모두 밉지 않으냔 말이다. 날 따른다면 그놈들을 모두 응징할 수 있다. 네가 해야 하는 것은 간단해.

　괴물이 말을 이었다.

　—문을 열어라. 그것만 하면 내가 네 복수를 해주마.

　괴물의 유혹을 들으면서, 첫 번째 상급 사제는 문득 모든 일의 발단이었던 예언을 떠올렸다.

　—선지자가 너희를 빛이 내리는 땅으로 인도하리라.

　그 선지자는 나를 인도해 주지 못하는 것인가.

　빛이 내리는 땅에 가보고 싶었다.

　이곳은 너무 어두컴컴했다.

　　　　　＊　　　　＊　　　　＊

　—마침내 이날이 오고야 말았습니다.

한국의 중계진이 매우 엄숙한 어조로 말했다.

─대한민국이 마침내 월드컵 결승전 무대에 섰습니다. 오
늘 이곳에서 월드컵 우승컵의 주인공이 가려집니다.

월드컵 결승전.

대한민국 대 프랑스.

이번 월드컵의 최종 승자를 가리는 최고의 무대가 마침내
열렸다.

이미 모두가 우승 후보로 점찍었던 프랑스.

그리고 몇몇 특정 선수 때문에 경계를 했으나 설마 여기까
지 올라오리라고는 누구도 예상 못 했던 대한민국.

두 나라 대표 팀이 격돌했다.

─우리나라가 월드컵 결승전 무대에 오르다니. 이걸 누가
상상했겠습니까?

─아무도 상상 못 했을 겁니다. 아무리 서문엽 선수와 피에
트로 아넬라 선수가 강하다 해도 최약체 팀을 최고의 자리로
올려놓을 수 있을 거라고 어떻게 생각했겠습니까? 하지만 우
리는 믿었습니다! 우리와 국민 여러분들은 우리 자랑스러운
선수들이 큰일을 낼 거라고 믿었습니다!

─예, 오늘도 믿습니다. 이미 신화를 쓴 선수들이지만 여기

까지 온 김에 우승컵까지는 들어야죠? 결승까지 힘들게 올라
갔는데요.

　—그렇습니다!

　양 팀 선수들이 경기장으로 입장하기 시작했다.

　카메라에 나단 베르나흐가 잡히자 경기장이 떠들썩해졌다.

　"와아아아아!!"

　"나단! 나단! 나단!"

　엄청난 인기였다.

　외모와 최고의 실력을 겸비한 나단 베르나흐는 현 시점에서
도 여전히 세계에서 가장 인기가 많은 선수였다.

　하지만 이제 그 인기마저도 위협하는 선수가 한국 대표 팀
에 있었다.

　"와아아아아아!"

　"서문! 서문!"

　경기장 대형 스크린에 서문엽이 나타난 것이다.

　덤덤히 걸어나가는 모습에서 조금의 두려움도 찾아볼 수
없었다.

　긴장한 기색조차 없었다.

　그저 덤덤히 경기장 중앙을 향해 걷는 표정에서 절대강자
의 여유가 느껴졌다.

　설마 내가 지겠냐는 오만한 생각이 표정에서 드러나는 듯

했다.

인류를 구한 영웅, 그리고 이번 월드컵에서 제럴드 워커, 치치 루카스, 로이 마이어 등 세계 최고로 손꼽히던 선수들을 연달아 격파한 최강자.

이제 마지막 상대인 나단 베르나흐만 꺾으면 누구도 부정할 수 없는 최강의 선수가 된다.

"서문엽!!"

"나단!"

경기장을 가득 채운 관중들도 바로 그것을 보러 이곳에 왔다.

두 선수의 이름이 경쟁적으로 연호되고 있었다.

경기가 시작되기도 전에 이미 두 선수의 팬들이 먼저 싸우고 있었다.

양 팀 선수들이 서로 악수를 나누기 시작한다.

서문엽은 나단 베르나흐와 악수를 나누면서 분석안으로 살필 수 있었다.

　

　-대상: 나단 베르나흐(인간)

　-근력 95/95

　-민첩성 100/100

　-속도 95/95

　-지구력 83/83

—정신력 92/92

—기술 95/95

—오러 91/91

—리더십 67/83

—전술 61/65

—초능력: 분신

예전에 봤을 때는 83이었던 근력이 95까지 다 채워져 있었다.

지구력도 81에서 83 끝까지 다 수련된 상태.

정신력도 기술도 완전해졌다.

나단 베르나흐.

명성에 걸맞게 자기 기량을 완전히 만개한 상태였다.

'최고가 될 수밖에 없는 능력치네.'

서문엽은 혀를 내둘렀다.

이런 선수를 영입하려면 이적료를 얼마나 내야 할지 감도 안 잡혔던 것이다.

하지만…….

'내가 없었더라면 말이지.'

서문엽은 더 이상 나단 베르나흐를 위협적으로 느끼지 않았다.

물론 나단은 '분신'이 있는 만큼 방심할 수 없는 상대였다.

둘로 나뉜 나단이 쌍도를 휘두르면 불과 몇 초 안에 경기의 승패를 결정지을 정도의 살상력을 발휘한다.

2명의 나단이 한국 진영을 휘젓고 다닌다고 생각해 보라.

'초토화되겠군.'

서문엽을 포함하여서 총 5탱커를 출전시킨 한국 대표 팀이지만, 그렇게 탱커 라인을 단단히 구축한다 해도 나단의 킬러 본능을 막을 수 있을지는 회의적이었다.

'결국 내가 빨리 처치해야 한다는 뜻인데 문제는……'

키 작은 프랑스 남자 선수와 악수했다.

방긋 눈웃음을 짓는 선량한 인상의 청년.

유소년 시절부터 나단 베르나흐의 단짝 친구.

바로 루이 코시엘이었다.

민첩성 93 외에는 특출한 능력치가 없었지만, '자폭'이라는 한 방이 있는 특이한 선수.

'자폭' 외에는 공격 수단이 별로인 극단적인 선수라서 모든 경기에 출전하지는 못하지만, 오늘은 명백하게 서문엽을 타깃으로 노리고 나타났다.

인사를 마치고 접속 모듈이 있는 서로의 더그아웃으로 갔다.

접속하기 전에 한국 대표 팀 선수들은 한자리에 모였다.

서로 어깨동무를 하며 둥글게 모였다.

서문엽이 입을 열었다.

"여기까지 왔으면 이겨야지?"

"옛!"

"이길 수 있어. 나단 걔는 아무리 잘해도 내 상대 아냐. 그러니까 쫄지 마, 알았어?"

"옛!"

"월드컵 결승이라고, 상대가 프랑스라고 긴장해서 병신 짓하는 새끼 있으면 영원히 망신당한다. 이기자. 침착하면 이길 수 있다."

"예!!"

전의를 다진 한국 선수들은 접속 모듈로 들어갔다.

월드컵 결승전.

최고의 무대에서만이 공개되는 던전, '최후의 던전'에서 두 나라가 격돌했다.

＊　　　　＊　　　　＊

─경기 시작됐습니다.

─대한민국 대표 팀, 사상 처음으로 '최후의 던전'에서 공식전을 치르게 되었습니다. 아무래도 경험 면에서는 프랑스보다 불리합니다.

─예, 우리 대표 팀에서는 최후의 던전에서 경기를 치러본 경험이 있는 선수가 파리 뤼미에르 BC 소속인 백하연 선수밖

에 없습니다. 결승전에 대비해서 열심히 준비했겠지만 경험의 차이가 나는 건 어쩔 수 없습니다.

―진짜 최후의 던전을 공략한 장본인이 우리 대표 팀에도 있지만 말이죠.

―하하, 실제 최후의 던전과 다른 부분이 많아서 오히려 그때 경험이 도움이 안 될 겁니다.

배틀필드 경기용으로 제작된 최후의 던전은 실제와 많은 부분이 달랐다.

두 팀이 각기 다른 지역에서 공평하게 공략을 할 수 있어야 하기 때문에 지형이 많이 개조됐다.

그리고 무엇보다도 지저인들이 없다.

최후의 던전은 지저 문명의 근간이었던 만큼 대사제와 상급 사제를 비롯하여서 수많은 사제들이 지켰다. 서문엽이 고생해야 했던 이유도 그 사제들 때문.

하지만 경기용으로 개조된 최후의 던전은 지저인 대신 괴물들과, 사제들과 비슷한 방식으로 싸우는 언데드 사제들이 등장한다.

아무래도 던전을 제작한 것이 여왕을 비롯한 같은 지저인이기 때문인 듯했다.

아무리 가상공간에서 펼쳐지는 경기라도 동족이 초인들에게 무참히 사냥당하는 것을 보고 싶지는 않았으리라.

그렇듯 실제와 많은 차이가 있기 때문에 서문엽은 옛 기억을 참고하며 플레이할 수가 없었다.

—대한민국은 4—4—3으로 나뉘어서 사냥을 시작합니다. 평소와 같은 5—5—1이 아니죠?

—예, 본래 서문엽 선수가 단독으로 사냥을 다녔습니다만, 오늘 경기에서는 그러지 않고 정석적인 방식을 택했습니다. 경험이 부족한 던전이다 보니 모험을 자제하는 게 아닐까 싶습니다.

—본래 협력 플레이보다 단독 사냥이 더 효율이 좋은 경우는 서문엽 선수뿐이거든요. 하지만 최후의 던전은 괴물들 하나하나가 강력해서 아무리 서문엽 선수라 해도 협력 플레이를 하는 편이 더 좋을 겁니다.

서문엽은 최만식과 신태경 두 사람을 데리고 사냥을 했다.

한 조를 구성한 3인이 전부 탱커인 특이한 경우였지만, 대미지 딜링은 서문엽 혼자 도맡아도 충분했기 때문에 수비에 특화됐을 뿐 사냥이 느린 두 사람을 데려온 것이었다.

최혁과 채우현은 공수 밸런스가 좋고 메인 탱커 역할을 맡을 수 있기 때문에 다른 두 조에 한 명씩 배치됐다.

"최만식, 제자리에 가만히 서서 막으려 하지 말고 달려 나가서 막아! 공간을 확보해야 할 거 아냐! 신태경도 계속 양옆으로 우회해서 공간 확보해!"

서문엽은 두 보조 탱커를 잠시도 가만 놔두지 않고 지시를 내렸다.

최만식과 신태경은 국가 대표 선수로 뽑힌 만큼 실력 있는 탱커였지만, 적을 앞두면 움직임이 수동적이게 되는 전형적인 약팀 탱커의 단점을 갖고 있었다.

그래서 계속 닦달하면서 보다 적극적으로 움직이게 했다.

서문엽의 닦달에 두 사람은 앞으로 과감하게 달려 나가서 괴물들의 공격을 막아내었다.

활발하게 움직이며 방어선을 형성하니 서문엽이 자유롭게 다닐 수 있는 공간이 형성되었다.

적을 밀어내고 아군에게 공간을 만들어주는 일은 탱커의 중요한 역할 중 하나인데, 한국은 이 개념이 약했다. 그저 탱커는 수비, 딜러는 공격이라는 이분법에 익숙해서 동료들의 운신이 용이하도록 공간을 만들어줘야 포지셔닝이 유리해진다는 고급 개념이 부족했다.

그 개념을 서문엽이 일일이 지시를 내리면서 강제로 머릿속에 심어주고 있었다.

"신태경, 넌 발이 빠르고 지구력이 무한이니까 한 곳에 머무르지 말고 계속 활발하게 뛰어다니란 말이야!"

"그러다가 또 팀워크를 못 맞추고 돌출되면 어떡해요?"

신태경은 전술적 이해도가 매우 낮은 자신의 단점을 잘 알고 있었다. 그런 약점을 의식한 탓에 움직임이 다소 위축된 까닭도 있었다.

다행히 서문엽과 채우현 등에게 잘 배워서 어디가 좋은 위치인지를 배웠지만, 배웠던 위치에서 벗어나 창의적인 플레이를 꺼려하게 되었다. 또 자신이 삽질할까 봐 두려웠던 것이다.

"인마, 너 같은 좆밥이 가만히 가드만 올리고 서 있으면 적 입장에서는 땡큐야! 넌 장점이 지구력밖에 없으니까 계속 뛰어!"

그렇게 두 사람을 부리면서, 서문엽도 사냥을 펼쳤다.

파앗!

신태경이 상대하고 있는 지저 악어의 옆구리에 창을 꽂았다.

푸우욱!

"끄에엑!"

길이가 10미터가 넘는 지저 악어는 비명을 지르며 몸을 뒤틀었다.

네 다리가 퇴화해서 짧아진 대신 몸통을 지렁이처럼 꿈틀대면서 이동하는 괴물인데, 강철처럼 튼튼한 가죽이 특징이었지만 서문엽의 공격을 감당하지는 못했다.

지저 악어는 죽지는 않았지만 큰 부상을 입고 주춤거렸다.

두려움에 질린 기색이 역력했다.

"어, 어떻게 괴물을 겁먹게 하는 거지?"

신태경은 코앞에서 똑똑히 보고도 믿겨지지 않아 중얼거렸다.

이는 창에 살의를 실었기 때문이다.

표의 언어의 원리를 이용해 창에 살의를 싣는 서문엽의 고차원적인 창술이 위력을 높일 뿐만 아니라 상대에게 공포를 심어주고 있었다.

콰지직!

서문엽은 공중으로 뛰어올라 위에서 아래로 머리를 찍어버렸다. 악어는 머리를 꿰뚫린 채 절명해 버렸다.

"여기 커버 좀!"

최만식이 소리쳤다.

최만식에게 지저 악어가 3마리나 붙는 바람에 어려워하고 있었다.

신태경이 즉시 달려가 1마리를 맡아주었다.

서문엽은 반시계 방향으로 우회해서 그 지저 악어들을 측면에서 습격했다.

콰지지직!

"꾸에엑!"

오른쪽 가슴께에 위치한 심장이 제대로 찔린 지저 악어는 구슬픈 비명과 함께 죽었다.

최만식과 신태경이 열심히 뛰어다니며 주의를 끌었기 때문에 서문엽에게 공격 기회가 계속 생기는 것이 세 사람의 사냥의 원리였다.

위잉—

위이잉—

요란한 날갯짓 소리가 하늘에서 울려 퍼졌다.

거대한 사마귀처럼 생긴 괴물 망트가 출현한 것이었다.

땅에는 지저 악어.

하늘에는 원거리 공격까지 가능한 망트.

상당히 까다로운 상황이었다.

"어떻게 할까요?"

최만식이 걱정스러운 눈으로 쳐다봤다.

하늘과 땅, 근거리와 원거리 공격이 조합된 망트와 지저 악어는 굉장히 상대하기 어려웠다.

서문엽은 왼쪽으로 턱짓했다.

"절벽 쪽에 붙어!"

세 사람은 왼편에 있는 절벽에 붙었다. 적어도 사면에서 공격받는 것은 피하기 위함이었다.

대신 절벽에 막혀 물러날 곳이 없다는 단점도 있었다.

지저 악어들과 망트들이 삼면에서 서문엽 일행을 몰아넣었다.

"꽤 많은데요?"

신태경이 침을 꿀걱 삼켰다.

괴물 하나하나가 다른 던전보다 강한 탓에 이 많은 수의 괴물을 셋이서 상대할 수 있을지 걱정되었다.

서문엽은 코웃음 쳤다.

"뭘 이 정도 갖고."

서문엽은 몸속에 잠든 오러를 더 끌어 올려 창에 집중시켰다.

그오오오—

강대한 오러가 창에 흘렀다.

사실 서문엽의 오러 능력치는 이미 인간의 한계를 훨씬 넘긴 189/190. 지금도 충분히 힘 조절을 하고 있었다.

괴물들이 우르르 몰려들자 세 사람은 품자(品字) 형태로 포메이션을 갖춘 채 싸웠다.

콰지지직!

"끄엑!"

슈칵!

"끼엑!"

서문엽의 일격이 펼쳐질 때마다 지저 악어가 1마리씩 죽었다.

세 사람 앞에 괴물들의 시신이 쌓여 나갔다.

망트들이 오러 칼날을 쏘아 보내자 그들은 지저 악어 시체 뒤에 숨기도 했다. 지저 악어는 강철 같은 가죽 덕에 오러 칼날을 막아내는 훌륭한 엄폐물이 되었다.

혈투였다.

세 사람은 치열하게 싸워서 그 많던 괴물들을 전부 쓰러뜨렸다.

주로 방어를 한 최만식과 신태경은 2단계 보라색 광채에 그쳤지만, 서문엽은 어마어마한 사냥 포인트를 먹은 덕에 4단계 검은색 광채가 흘렀다.

그런데 그때였다.

—1시 방면, 적 발견.

조심조심 숨어 다니며 정찰을 하고 있던 조승호가 작은 목소리로 알려왔다.

조승호는 작은 목소리로 아군에게 알린 뒤에 곧바로 '투명화'를 펼쳤다. 그리고 '시야 전달'로 서문엽에게 눈에 보이는 것을 전달해 주었다.

서문엽은 프랑스 선수 3명이 이쪽으로 달려오는 광경을 볼 수 있었다.

그중 한 명은 나단 베르나흐였다.

"3명이 오고 있다. 나단도 포함되어 있으니까 다들 조심해."

—옛!

다른 지역에서 사냥하던 한국 선수들이 대답했다.

'잘됐군. 마침 이쪽도 사냥감은 다 정리한 상태니까.'

서문엽의 눈이 번뜩였다.

나단 베르나흐가 제 발로 오고 있으니 어찌 기쁘지 않겠는가.

"최만식, 신태경, 너희는 아군이랑 합류해. 난 단독 행동 한다. 조승호는 적을 발견할 때마다 계속 나한테 시야 전달 보내고. 이나연도 정찰 시작해서 나단 발견하면 나한테 위치 알려."

그렇게 지시를 해놓고는 서문엽도 나단을 사냥하러 움직였다.

점프를 펼치며 정찰에 나선 이나연이 말했다.

―3시 방면, 이쪽엔 안 보여요!

"알았어."

서문엽은 다른 쪽으로 달렸다.

최경량 소재의 갑옷을 입고 최고 속도로 달리니 거의 날아다니는 것처럼 서문엽은 이동했다.

바쁘게 돌아다니며 수색하니, 마침내 나단 일행을 발견했다.

나단 베르나흐를 비롯한 프랑스 선수 3명은 모두 근접 딜러였다.

기습 공격을 한 번 시도하고 빠질 생각이었던 것 같은데, 조승호에게 발각당한 탓에 서문엽에게 포착되고 말았다.

하지만 그 3명 중에는 나단 말고도 또 요주의 인물이 있었다.

'자폭' 초능력을 가진 루이 코시엘이었다.

'날 만나더라도 대책은 있다는 것이군.'

나단이 루이 코시엘과 함께 온 이유는 뻔했다.

루이 코시엘이 자폭으로 서문엽에게 부상을 입히면 나단이 마무리 짓겠다는 뜻이리라.

'저 단짝 친구를 믿고 자신만만하다 이거지?'

서문엽은 어느새 입술이 웃고 있었다.

나단 베르나흐와의 대결은 재미있을 것 같긴 하지만 누가 이길지는 뻔했기 때문에 긴장이 되지는 않았다.

하지만 루이 코시엘이라는 변수가 함께 있으니 스릴이 느껴지기 시작했다.

싸움은 이래야 한다.

이래야 싸울 맛이 난다.

서문엽은 냅다 뛰어들었다.

서문엽이 갑자기 나타나자 나단 일행도 흠칫 놀란 모습이었다.

"서문엽이다!"

"혼자인가? 주변에 더 있을 수 있으니까 살펴봐."

"알았어."

근접 딜러 한 명이 다른 방향으로 사라졌다.

나단과 루이 코시엘 2명만 남았다.

서문엽은 달려들면서 창을 던졌다.

손끝으로 긁으면서 회전력을 실어 던진 창은 불규칙한 궤적을 그리며 나단과 루이 코시엘 사이로 날아갔다.

창이 왼쪽으로 꺾이면 나단이 맞고, 오른쪽으로 꺾이면 루이 코시엘이 맞는다.

양자택일을 강요해서 착란을 주는 투창이었다. 예전에도 이걸로 나단의 분신 하나를 처치한 바 있었다. 그때의 추억을 떠올려 주는 기습적인 투창이었다.

그때, 눈을 번쩍인 나단이 앞으로 튀어나왔다.

카캉!

쌍도를 연속으로 휘둘러서 창을 쳐버렸다.

나단의 선택은 피하지 않고 쳐내는 것이었다. 그때와는 다른 행동을 보여준 것이다.

서문엽을 쳐다보는 나단의 눈빛은 이글이글 타오르는 것 같았다.

서문엽이 미소를 짓자, 나단도 미소를 지었다.

쑤욱.

나단에게서 또 다른 나단이 유체 이탈 하듯이 빠져나왔다.

순식간에 '분신'으로 둘로 나뉜 나단.

제대로 싸워보겠다는 의지가 가득해 보였다.

*   *   *

자신의 특기인 분신을 곧바로 펼친 나단.

상대가 서문엽임에도 불구하고 그는 명성에 걸맞게 위축되지 않고 덤벼들었다.

이번 월드컵에서 서문엽에게 일대일로 망설임 없이 덤비는 이는 나단 베르나흐가 처음이었다. 물론 뒤에서 자폭할 타이밍을 엿보고 있는 루이 코시엘도 있었지만 말이다.

팟!

2명의 나단이 총 4자루의 쌍도를 현란하게 휘둘렀다.

좌우에서 동시에 덤비면서 혼자 펼쳐도 어지러운 쌍도법을 2명이서 펼치니 도(刀)의 잔상이 허공을 뒤덮는 듯한 압박감이 들 정도였다.

하지만 서문엽은 나단의 어마어마한 킬 기록에 희생된 선수들처럼 허둥거리지 않았다.

'쌍도법은 눈속임이다. 현혹시키면서 완급 조절을 하는 장치일 뿐이야. 진짜 공격은 갑작스러운 템포로 불쑥 치고 들어올 거다.'

나단 베르나흐의 스타일은 서문엽도 잘 알고 있었다. 나단의 스타일을 참고해서 자신의 스피드를 활용하는 새 스타일을 정립했던 서문엽이었으니까.

뒤로 물러서지도 않았다.

방패를 견고하게 들고, 창의 길이를 이용해 접근 못 하게 막는다.

기본기에 충실한 대응으로 맞상대했다.

창으로 겨누자 오른쪽의 나단이 접근 못 하고 멈칫했다.

그러나 그사이에 왼쪽의 나단이 우회하며 측면에서 치려고 했다. 타이밍 맞춰서 오른쪽의 나단도 반대편 측면으로 이동. 양방향에서 협공하는 그림이 순식간에 나왔다.

역시나 호흡이 척척 맞는 두 사람. 둘 다 나단 본인이었으므로 호흡이 안 맞는 게 이상하다.

서문엽은 순간적으로 둘 중 하나를 각개격파로 처치할 기회를 엿봤지만, 두 나단의 거리 유지는 절묘했다. 묘하게 둘다 공격을 받으면 피할 수 있을 만한 안전거리를 유지하고 있었던 것. 한쪽이 공격받으면 그 전에 다른 쪽이 서문엽의 뒤를 칠 수 있는 타이밍을 정확하게 재고 있었다.

'정면으로 빠져나오면 루이 코시엘과 맞닥뜨려서 삼면에서 둘러싸이게 되는군.'

짧은 순간, 서문엽의 뇌리에 정확한 판단이 스쳤다.

서문엽은 뒤로 물러났다.

등을 보일 수 없으므로 빠르게 뒷걸음질을 치면서 창은 끝까지 찌르지 않고 견제만 했다.

한 번도 나단을 향해 찌르지 않았지만, 그렇기 때문에 더욱 서문엽의 창날에 서린 살기가 위협적이었다. 언제 폭발할지 모르는 시한폭탄을 앞둔 압박감에 나단도 쉬이 접근 못 했다.

서로 공격 한 번 안 했지만 오가는 심리 싸움이 무척 치열했다.

포지션을 잡는 싸움부터 치열했다.

계속 양방향에서 협공하는 구도를 만들려 하는 나단과 이를 피하는 서문엽의 위치 선정 싸움이 불꽃 튀었다. 세 사람은 계속 바쁘게 발만 움직여 이동할 뿐, 아직도 서로 공격이 없었다.

이 대결을 지켜보는 경기장의 관중들이나 전 세계 시청자들에게는 퍽 이상해 보였을 것이다.

하지만 이 세기의 대결을 중계하는 중계진은 터질 것 같은 긴장감을 생생하게 전달해 주고 있었다.

—계속 위치 싸움을 하고 있는 두 사람. 겉보기에는 루이 코시엘 선수까지 포함해 3대 1로 비치고 있어서 서문엽 선수에게 불리해 보입니다만, 붙어보기 전에는 모릅니다.

—예, 안 된다 싶으면 도망쳤겠죠. 할 만하다고 판단했기 때문에 서문엽 선수도 싸우고 있는 것입니다.

—굉장히 고요한 싸움. 아직 서로 무기도 한 번 충돌 안 했죠? 전후좌우로 바쁘게 움직이기만 합니다.

—포지션 싸움입니다. 나단 베르나흐 선수는 루이 코시엘 선수까지 머릿속에 넣어 셋이서 한 번에 궁지에 몰아넣을 만한 구도를 만들고 싶어 합니다. 하지만 서문엽 선수도 그걸 알기 때문에 계속 움직이면서 퇴로를 확보해 두고 있는 거예요.

어쩌면 수십여 합을 겨뤄도 승부가 나지 않을 수도 있다.

그러나 어쩌면 단 한순간에 승패가 갈리는 일 합 싸움이 될지도 모르는 것이 초인들의 대결이었다. 그러니 무기를 휘두르는 순간까지 치열하게 포지션 싸움을 하는 것이었다.

서문엽과 나단 베르나흐.

둘 다 말할 것도 없는 초일류.

그런 그들의 싸움에 끼어드는 것은 아무나 할 수 없는 일이었다. 자칫 잘못하면 오히려 동료를 방해하는 꼴이 될 수도 있으니까.

하지만 루이 코시엘은 슬금슬금 다가가며 서문엽에게 무언의 압박을 넣었다. 나단과 오랫동안 한솥밥을 먹은 사이다 보니 어떻게 도와줘야 하는지 자신의 역할을 잘 알고 있었다.

서문엽은 루이 코시엘을 자꾸 의식할 수밖에 없었다.

'나단과 가까이 있으면 놈이 자폭을 못 할 거야. 그런데 나단은 날 처치하기 위해서라면 분신 하나쯤 희생하는 정도는 아까워하지 않을 거야.'

나단의 분신 하나가 매달려 서문엽을 붙들고 그 틈에 루이 코시엘이 달려와 자폭하는 상황도 염두에 두어야 했다.

분신과 자폭이라니. 참 골치 아프게 잘 어울리는 조합 아닌가.

그렇게 생각하면서, 서문엽은 먼저 선공을 펼치기로 했다.

오른쪽의 나단에게 뛰어들었다.

오른쪽의 나단은 놀라지 않고 뒤로 물러났다.

그러면서 왼쪽의 나단이 서문엽의 등 뒤를 노렸다. 놀라운 연계 플레이.

하지만 서문엽은 도중에 옆으로 방향을 꺾으면서 순간적으로 두 사람에게서 거리를 벌렸다.

그리고 루이 코시엘을 향해 창을 힘껏 던졌다.

휘리리릭!

회전을 먹여 피하기가 까다로운 투창!

그런데 루이 코시엘은 당황하지 않았다.

날아오는 창을 끝까지 지켜보다가 궤도가 꺾이기 시작하자 반대 방향으로 침착하게 피했다.

'응?'

서문엽은 꽤 놀랐다.

루이 코시엘이 아주 깔끔하게 잘 피해냈기 때문이었다. '자폭' 말고는 별거 없는 선수라고 얕보고 있었기 때문에 의외였다.

피해낸 뒤에 자신감에 찬 눈빛을 하고 있는 루이 코시엘을 보며 서문엽은 깨달았다.

'연습했군.'

시한폭탄 같은 자신을 멀리서 투창으로 처치하려 들 거라고 미리 예상하고 피하는 훈련을 단단히 한 모양이었다.

서문엽의 오른손에 창이 없는 틈을 타, 두 명의 나단이 맹렬하게 돌격해왔다.

차차차차차착!

칼바람이 매섭게 몰아쳤다.

좌우로 스텝을 밟으며 계속 피해냈지만 한 번 흐름을 탄 나단의 공세는 폭풍 같았다.

점점 피할 타이밍을 잡지 못하게 압박해 온다.

불규칙 템포.

두 나단이 서로 템포가 달라서 서문엽에게 더 큰 혼란을 주고 있었다.

나단이 어마어마한 킬 기록을 갖게 한 숨은 비결이었다.

하지만.

'파악했다.'

짧은 순간, 서문엽은 두 나단의 템포에 적응해 버렸다.

그리고 오히려 더 능숙하게 회피했다.

파파파파팟— 텅!

4자루의 도를 연속으로 피한 다음 방패로 튕겨내며 나단의 공세를 멎게 했다.

그 뒤에 등 뒤에서 새 창을 꺼내 휘둘러 반격했다.

차차착!

3연속 찌르기.

나단 하나가 강력한 역공에 흠칫했다.

눈빛에 당황감이 서려 있었다.

'왜? 내가 네 템포를 너무 빨리 읽었어?'

서문엽은 씨익 웃었다.

상황은 반전됐다.

눈 깜짝할 사이에 공세를 퍼붓는 것은 서문엽이 되었다.

'당황했겠지.'

한 번 공세에 흐름을 타면 절대 상대의 목숨을 놓치는 법이 없었을 테니까.

하지만 서문엽은 너끈히 흐름을 돌려놓았다.

지금껏 느껴보지 못했던 '실력 차이'라는 것을 나단 베르나흐는 마침내 체감하게 된 것이다.

"차앗!"

나단은 이를 악물더니 다시 쌍도법을 펼쳤다.

촤촤촤촤착!

2명이서 4자루의 쌍도를 휘두르며 현란한 쇼를 펼친다.

변화무쌍한 도법으로 서문엽의 접근을 차단하고, 다시 템포를 바꿔 넣기 위한 완급 조절의 장치였다.

하지만 그런 완급 조절 장치는 서문엽도 장착하고 있었다.

창을 삽시간에 던지는 그립으로 바꿔 쥐었다.

그러자 두 나단은 창을 던지는 줄 알고 흠칫했다.

하지만 다시 찌르기 그립으로 고쳐 쥐고는 그대로 달려들었다.

창을 쥔 그립을 고쳐 쥐는 동작이 완급 조절 장치였던 것.

창을 던질 것처럼 해서 위협할 수 있으니 상대의 타이밍을 뺏는 수단으로는 최적이었다.

갑자기 더 빠른 스피드로 덤벼들며 공격을 퍼붓자 나단은 당황했는지 크게 밀렸다.

완급 조절과 순간적으로 템포를 바꿔서 덤비는 수법은 나단 자신도 까다로운 게 틀림없었다.

거기다가 서문엽의 민첩성은 110이었다.

기술은 119.

인간의 수준을 넘어선 공격력을 마침내 꺼내 든 것이었다.

촤촤촤촤촤촤!

"큭!"

나단은 둘이 함께하는데도 서문엽의 맹공에 정신을 못 차렸다.

한 명이 공격받으면 다른 분신은 반격을 해야 하는데, 그런 절서 있는 대응이 불가능했다. 둘 다 서문엽이 퍼붓는 공격에 밀려났다.

─서문엽 선수의 맹공! 이럴 수가, 창이 안 보입니다! 천하의 나단 선수가 2 대 1 상황인데도 서문엽 한 사람에게 형편없이 밀리고 있어요.

─나단 선수의 인지 능력을 뛰어넘는 스피드입니다. 서문엽 선수의 공격 속도가 너무 빨라요! 그것도 아까 잠깐 창을

던질 것처럼 페이크를 먹인 후에 치고 들어간 거거든요! 그래서 더 당황한 거예요!

ㅡ너무 대단합니다! 나단 베르나흐와 루이 코시엘이 같이 덤비는데도 서문엽 선수가 불리하다는 느낌이 전혀 안 듭니다.

ㅡ루이 코시엘 선수도 주춤주춤, 끼어들 틈을 못 찾고 있죠.

ㅡ가까이 갈 엄두를 못 낼 겁니다. 서문엽 선수의 공격 스피드에 완전히 압도됐거든요!

그 말대로였다.

루이 코시엘은 자신이 아무런 역할도 못 하고 있음을 자각했다.

'너, 너무 빨라!'

가까이 갈 엄두도 안 난다.

가까이 접근했다가 서문엽이 휙 뒤돌아 덤비면 제대로 대응할 자신이 없었다.

빨라도 너무 빨라서, 자신이 자폭을 한다 해도 그 전에 빠져나갈 것 같았다.

루이 코시엘은 손으로 입을 가리며 나직이 속삭였다.

"나단, 일단 물러나자. 우리 둘이서는 안 되겠어."

같은 팀원만 들리도록 최대한 작은 목소리로 말했다.

그 말에 동의했는지 뒤로 밀리던 나단은 순간적으로 두 분신이 서로 반대 방향으로 움직였다.

"응? 물러나려고?"

절대 안 되지.

서문엽은 오른쪽의 나단을 뒤쫓았다. 적어도 분신 하나는 처치할 생각이었다.

그때, 루이 코시엘이 덤벼들었다. 언제 자폭할지 모르는 시한폭탄이 다가오는 것이었다.

자폭으로 위협해서 물러나게 하려는 의도이리라.

'미안한데 난 그런 쫄보가 아냐, 인마.'

이런 싸움은 먼저 겁먹는 쪽이 지는 심리전이다.

서문엽은 속도를 전혀 늦추지 않고 계속 달렸다.

두 사람의 거리가 급속도로 좁혀졌다.

그러자 당황한 것은 루이 코시엘.

서로 눈이 마주치자 서문엽은 웃어 보인다. 그의 웃음이 말하고 있었다.

자폭해 봐.

어디 한번 해보라고.

루이 코시엘은 당황했다.

지금껏 자신에게 이토록 자신감 있게 달려오는 상대는 없었다.

하지만.

'내가 못할 줄 알아?!'

오기가 든 루이 코시엘.

서로 가까이 붙은 순간, 그는 자폭을 시도했다.

"으으으으……!"

오러가 뜨겁게 끓어오르면서 루이 코시엘이 기이한 신음을 토했다.

신음 소리는 점점 인간의 귀에 들리지 않는 음역대의 고주파로 변했다.

아주 짧은 순간에 보인 현상이었지만, 서문엽은 이 같은 모습을 숱하게 봐왔다.

바로 지저인들이 죽기 전 자폭할 때 보이는 특징들 말이다.

루이 코시엘의 자폭은 지저인의 그것과 완전히 일치하고 있었다.

그래서 서문엽은 자폭의 징조를 바로 알아차릴 수 있었다.

휙!

피하기에는 늦었다.

배짱부리면서 달려든 대가였다.

하지만 서문엽은 견뎌낼 자신이 있었다.

몸을 최대한 웅크리고, 방패를 들어 올린다.

작은 원형 방패에 완전히 가려질 정도로 몸을 작게 웅크렸다.

아주 완벽한 방어 태세였다.

콰아아아아아아앙!!!

큼직한 폭발이 최후의 던전을 들썩이게 했다.

*　　　*　　　*

프랑스 진영은 혼란에 빠졌다.

서문엽에 이어 백하연과 이나연도 합류하자 나단을 포함한 3명의 프랑스 선수들은 위기에 빠졌다.

13개의 마법진이 만든 장벽에 의해 분단된 반대편의 6명은 소환된 영령들을 막느라 정신없었다.

서문엽은 계속해서 나단에게 달려들었다.

사냥 포인트를 쌓으면서 오러양을 약간 회복했지만, 나단은 여전히 분신을 펼칠 여력이 없었다. 분신이 없는 나단은 반쪽짜리였으니 서문엽을 상대할 수 있을 리가 없었다.

촤촤촥!

"큭!"

창이 급격한 가속도로 왕복하며 연속 찌르기를 펼쳤다. 나단은 피하기에 급급했다.

'물러나면 안 되는데!'

나단은 마음이 급했다.

창을 쥔 서문엽을 상대로 물러나면 오히려 유리한 거리를 내주는 셈이었다.

어떻게든 파고들어야 한다. 가까이 파고들어 쌍도가 닿는 거리에서 싸워야 한다.

쉬쉭— 쉭—

이리저리 '점프'를 뛰며 화살을 쏘는 이나연도 못내 거슬렸다.

평소에는 안중에도 없었을 텐데, 다급한 상황이 되니 이마저도 성가셨다.

'안 되겠다. 역시 부딪쳐야 해.'

나단의 눈에 결단이 어렸다.

물러나면 서문엽의 창뿐만이 아니라 이나연의 화살에 표적이 되기 일쑤였다.

'하지만 혼자서는 안 돼. 기회를 만들어줘!'

나단은 두 동료들에게 눈빛을 보냈다.

이심전심. 동료들은 나단의 마음을 읽었다. 그들도 서문엽에게 치명타를 가할 수 있는 사람은 나단밖에 없다는 것에 동의했다.

'나단에게 킬 기회를 줘야 한다.'

'서문엽만 처치하면 역전 가능해!'

두 선수가 서문엽에게 달려들었다.

"어딜!"

백하연이 채찍을 휘둘러 왔다. 둘 중 한 선수가 채찍 때문에 발이 묶였다. 채찍을 자유자재로 조종하는 백하연의 초능력은 성가시기 그지없었다.

하지만 다른 한 선수는 무모하리만치 서문엽에게 몸을 날렸다.

온몸을 날려서라도 서문엽의 빈틈을 만들어낼 각오였다.

서문엽이 창을 섬광처럼 연거푸 쏟아냈다.

쉬쉬쉬쉬쉬쉭!

―서문엽, 2킬.

결국 공격 한 번 해보기 전에 폭풍 같은 연속 찌르기에 희생되고 말았다.

하지만 헛된 희생은 아니었다.

이를 악문 나단이 그 틈에 서문엽에게 바짝 다가선 것이다.

서문엽은 놀란 듯한 표정을 짓더니 창을 뻗어 접근을 저지하려 했다.

나단은 상체를 숙여 창을 피했다.

그대로 상체가 땅에 닿을 듯한 낮은 자세로, 쏜살같이 파고들었다.

창 아래로 파고 들어가는 솜씨는 가히 세계 최고의 근접 딜러로 칭송받을 만했다. 감탄을 절로 불러올 정도로 멋진 동작이었다.

당황한 서문엽의 표정이 이를 증명했다.

하지만 나단이 쌍도를 휘두를 거리로 다가온 순간.

씨익.

서문엽의 표정이 웃는 얼굴로 변했다.

나단은 불길함을 느꼈다.

문득, 서문엽의 방패가 어깨보다 높이 들려진 게 눈에 들어왔다.

'왜 눈치 못 챘지?'

이제 보니 방패로 내려치기 좋은 준비 자세였다.

나단이 가까이 오기만을 기다리고 있었던 것이다.

'늦었다. 그렇다면 내가 먼저 벨 테다!'

짧은 순간 많은 생각이 스쳐 지나간 후에, 두 사람의 승부는 결판이 났다.

ㅡ서문엽, 3킬.

결국 서문엽은 가까이 유인한 뒤 방패로 내려치는 수법으로 나단을 데스시켰다.

서문엽에게 데스당한 나단 베르나흐.

많은 것을 상징하는 장면이었다.

*   *   *

그 뒤 백하연이 이나연의 도움을 받아 1킬을 했고, 피에트로도 1킬을 거두었다.

총 5킬을 해낸 그들은 더 싸우지 않고 후퇴했다.

피에트로는 공간 이동의 재사용 시간 3분이 지났기 때문에 순식간에 사라졌고, 서문엽과 백하연, 이나연은 워낙 발이 빨라서 추격받지 않았다.

이미 프랑스는 고작 5명만 남게 되었다.

거기서 계속 싸우지 않아도 천천히 운영을 하면 승기를 굳힐 수 있다는 판단에서였다.

"급할 거 없어. 견제받는 걸 유의하면서 사냥에 열중해."

서문엽의 지시에 따라 한국 대표 팀은 차근차근 최후의 던전을 공략했다.

사실 서문엽은 어차피 승리가 거의 확실시된 1세트를 다른 한국 선수들의 경험 쌓기에 활용하고 싶었다.

다들 긴장했고 최후의 던전이 익숙하지도 않다 보니 적응할 시간이 더 필요했던 것이다.

'대표 팀에 우리 팀 소속 애들이 많으니까 이참에 경험을 쌓게 해야지.'

대표 팀에 YSM 소속 선수들이 꽤 많았다.

최후의 던전은 월드컵 결승만이 아니라 월드 챔피언스 리그 결승전에서도 쓰이는 던전이었다. 그러니 최후의 던전에서 강팀과 싸우는 경험을 최대한 오래 체험시켜 주고 싶었다.

1세트.

한국 대표 팀은 차근차근 최후의 던전을 한 구역씩 철거했다.

프랑스는 도망 다니면서 기회를 엿봤지만, 한 구역씩 공략되어 사라지니 점차 도망칠 곳이 없어졌다. 결국 궁지에 몰려 자포자기의 심정으로 기습을 시도했지만, 역시나 패하고 말았다.

첫 세트 승리는 그렇게 한국이 가져갔다.

"엽아!"

백제호가 신이 나서 달려와 서문엽을 끌어안았다.

"뭘 호들갑이야."

서문엽은 덤덤했다.

하지만 백제호는 여전히 싱글벙글했다. 무려 월드컵 결승전에서의 첫 세트 승리였다. 약체였던 한국 국가 대표 팀 감독을 맡았을 때는 이런 날이 올 거라고 상상도 못 했던 백제호였다.

"엽아, 너 뭘 먹었기에 이렇게 강해진 거야? 옛날하고 완전히 다르잖아!"

"몰라."

"인마, 넌 아무렇지도 않냐? 나단 베르나흐도 꺾었잖아! 이제 네가 명실상부한 세계 최고의 선수가 된 거라고."

"그러게 말이다. 그런 타이틀을 받아도 딱히 기쁘거나 하지를 않네."

전쟁 시절에는 지구 최고의 VIP로 대우받았으니 새삼스럽게 명예욕이 더 있지는 않았다.

오히려 이제는 배틀필드에서 만나고 싶은 적수가 사라져서 아쉽기만 했다. 나단 베르나흐가 마지막 목표였는데 오늘로 그마저 사라져 버린 것이다.

한국 측의 분위기는 매우 활기찼다.

무려 월드컵 결승전이라는 큰 무대에서 첫 세트를 승리로 가져가며 우승컵의 영광에 한 발 다가섰다.

"기뻐하되 방심하지 마라. 싸움은 이제부터야. 프랑스도 이제는 방심하지 않을 거야."

백제호가 들떠 있는 선수들을 다그쳤지만, 그렇게 말하는 백제호도 입가에 웃음이 그치지 않고 있었다.

하지만 분위기가 좋았다.

두 번만 더 이기면 우승이니 힘내자는 분위기가 된 것이다.

라이너 하임 전술 코치가 선수들에게 당부했다.

"1세트에서 프랑스는 나단 베르나흐, 루이 코시엘 콤비로 서문엽 선수를 잡으려 시도했습니다. 그것이 예상외의 대실패로 돌아가면서 순식간에 패배로 몰리게 된 것이죠."

루이 코시엘의 자폭에도 불구하고 서문엽은 멀쩡히 견뎠고, 나단은 정면 대결에서 완전히 패배해 분신 하나를 잃고 빈사 상태가 됐다.

그러다 보니 프랑스가 정신적으로 큰 타격을 받고 사기가 저하되어 서문엽 일행의 습격에 제대로 대응하지 못했다.

"하지만 프랑스가 준비한 것은 그것만이 아닐 겁니다. 루이 코시엘이 돕는다 해도 나단 베르나흐가 서문엽 선수를 이길 수 없다는 것은 확실히 확인됐습니다. 이제 나단 베르나흐는 서문엽 선수와의 승부에 집착하지 않고 팀플레이에 집중할 겁니다."

"세계 최고의 선수가 아닌 팀의 근접 딜러 중의 한 사람으로서 경기에 임한다는 뜻이겠지."

서문엽이 말했다.

라이너 하임 전술 코치는 고개를 끄덕였다.

"예, 사실 지금까지 나단 베르나흐의 플레이를 쭉 살펴보면 일대일 승부를 고집한 적이 별로 없습니다. 동료들의 도움을 받아 킬 기회를 포착하는 걸 좋아했죠."

그 말에는 다들 고개를 끄덕였다.

서문엽도 같은 생각이었다. 나단이 자신에게 완패했다고 멘탈이 나갈 녀석 같지는 않았다. 팀플레이로서 승리하려 할 것이다.

"제 생각에는 루이 코시엘이 2세트에도 출전할 겁니다."

라이너 하임 전술 코치가 말했다.

백제호가 의아해했다.

"루이 코시엘로는 엽이를 막을 수 없다는 게 이미 증명됐잖아?"

"더 이상 서문엽 선수에게 집착하지 않을 겁니다. 루이 코시엘의 '자폭'은 여전히 전투에서 승패를 결정지을 수 있는 중대한 변수 중 하나입니다. 전투를 억제하는 효과를 기대하는 것이죠. 우리 팀의 피에트로 아넬라 선수처럼 말입니다."

"음, 자폭 때문에 무서워서 섣불리 덤비지 못하게 하는 거군."

프랑스는 사냥을 통한 운영에 능하고 한국은 오직 한 타 싸움에 특화된 조합이었다.

루이 코시엘의 '자폭'은 서문엽을 쓰러뜨리지 못했지만, 다른 선수들에게는 여전히 무시무시한 전술 무기였다.

자폭 때문에 한국이 섣불리 싸움을 걸어오지 못하는 효과를 기대한다는 의미였다. 싸움이 아닌 운영 승부라면 프랑스가 유리하니까.

"프랑스가 쉽게 싸움에 응해주지 않을 테니, 우리도 빠른 사냥을 위해 선수 교체를 해야 할 필요가 있습니다."

그 제안에 백제호는 고개를 끄덕였다.

"4탱커 체제로 가자는 거군."

서문엽을 포함해 무려 5탱커라는 기괴한 조합을 하고 있는 한국. 3탱커가 트렌드로 자리 잡은 세계 배틀필드의 흐름에 거스르는 행위였다.

그럼에도 한국이 승승장구할 수 있었던 것은 서문엽이 어마어마하게 강하기 때문이었다. 서문엽이 싸우는 족족 적을 죽여 버리니 못 이길 수가 없는 것.

하지만 한국 대표 팀이 준비한 전술이 5탱커 체제만 있을 리는 없었다.

"2세트는 최만식이 쉬고, 대신 유벽호가 들어간다."

보조 탱커 최만식이 벤치에 앉고, 대신 근접 딜러 유벽호가 투입됐다.

유벽호는 마침내 월드컵 결승 무대에 출전하게 되어서 주먹을 꽉 쥐었다.

'다행이다. 나갈 수 있어서.'

유벽호는 이번 월드컵에서 나날이 입지가 좁아진 선수였다.

탱커만 무려 5명.

그리고 원거리 딜러 중에서도 피에트로와 심영수, 이나연은 핵심 전력이었다.

같은 근접 딜러 중에서도 백하연이라는 범접 못 할 대스타가 있었다.

유벽호는 남은 한 자리를 박영민과 다퉈야 했는데, 선수 경험도 얼마 안 된 박영민은 월드컵 중에도 엄청나게 성장해서 경쟁에서 밀리는 것을 느낄 수 있었다.

"그리고 유벽호 선수에게는 따로 해야 할 임무가 있습니다."

"예, 말씀하십시오."

"전투가 벌어지면 루이 코시엘을 마크하십시오."

"제가 루이 코시엘을요?"

"루이 코시엘이 아군에게 접근하기 전에 순간 가속을 써서 공격해 제거하는 겁니다. 백하연 선수도 도울 겁니다."

지목받은 백하연은 고개를 끄덕였다.

백하연은 순간 이동과 긴 채찍이 있으니 루이 코시엘의 자폭에서 벗어나기 용이했다.

그리고 유벽호는 순간 기속으로 30초간 몸을 30% 빨리 움직일 수 있었다.

'폭탄 제거반이라는 뜻이군.'

폭탄이 발견되면 순간 가속을 써서 재빨리 달려가 처리하라는 뜻이리라.

"예, 알겠습니다."

유벽호는 기꺼이 임무를 받아들였다.

백하연은 순간 이동으로 피할 수 있지만, 유벽호 자신은 아마 자폭의 여파에서 벗어나기 힘들 터였다.

순간 가속의 지속 시간이 30초밖에 안 되기 때문에 재빨리 달려들어 덤빌 시간은 있어도 탈출할 시간까지는 없었다.

하지만 그래도 좋았다.

세상에는 자폭하는 임무를 맡는 선수도 있었다. 폭탄 제거반이 그보다 훨씬 나았다.

"두 번만 더 이기면 우리가 우승컵을 든다. 끝까지 최선을 다해서 저걸 우리가 가져가자."

백제호가 선수들을 격려했다.

시간이 다 되자 선수들은 비장한 각오로 2세트 경기를 치르러 떠났다.

*　　　　*　　　　*

2세트는 시작부터 빠른 사냥이 전개되었다.

"이번 경기는 필히 운영전이 될 거야. 누가 더 사냥 포인트를 잘 뽑아먹고 잘 크냐의 싸움이야."

얼마나 사냥을 효율적으로 잘하느냐.

누구를 집중적으로 키우느냐.

그런 전략적 요소가 걸려 있는 운영 싸움이었다.

일단 사냥 속도로는 프랑스를 따라잡기가 어려웠다. 한국에 엄청난 사냥 속도를 자랑하는 서문엽이 있다지만, 나머지 선수들은 프랑스 국가 대표 선수들보다 실력이 떨어졌다.

일반적인 사냥으로는 프랑스와 사냥 포인트 경쟁이 안 된다는 뜻이었다.

그래서 한국 대표 팀이 선택한 조처는 다음과 같았다.

"다이렉트로 최후의 던전 심장부를 향해 갈 거야. 최단시간에 최종 보스 몹까지 깨뜨릴 거니까 잘 쫓아와."

"옛!"

서문엽은 선수들을 모두 이끌고 앞장서서 나섰다.

한국 팀은 흩어지지 않고 11명 전원이 최후의 던전 심장부를 향해 돌파하는 길을 택했다.

외곽을 돌며 많은 괴물을 사냥하는 프랑스와는 대조되는 모습이었다.

─한국 대표 팀은 11명이 똘똘 뭉쳐서 돌파를 단행했습니다.

─저건 최후의 던전 심장부에 있는 최종 보스 몹을 먼저 사냥하겠다는 뜻입니다. 일반적인 사냥 경쟁은 프랑스에 밀리니까 중요한 보스 몹을 선점하겠다는 뜻이죠.

─서문엽 선수가 앞장섭니다. 감회가 새롭겠어요. 저 길은 옛날 실제 최후의 던전을 공략할 때 향했던 루트 아닙니까?

─예, 그때는 정보가 많이 부족했는데도 서문엽 선수는 용케도 최단 루트로 심장부까지 파고들어 대사제를 처치했었습니다. 그렇게 생각하니 참 대단한 선수예요.

─달리 인류의 영웅이 아니죠.

최후의 던전은 만만한 던전이 아니었다.

11명이 다 함께 이동하는데도 저항이 만만치 않았다.

각종 괴물들과 언데드 사제들이 우후죽순으로 나타나 괴롭혔기 때문에 치열한 싸움이 펼쳐졌다.

"심영수, 폭발 구체 아끼지 말고 쏴! 대신 정면이야! 무조건 정면을 향해서만 쏘는 거야!"

서문엽이 오더를 내렸다.

폭발 구체를 생성한 심영수는 최전방에서 괴물들과 뒤엉켜 있는 서문엽을 보고 쩔쩔맸다.

"형님이 함께 있어서 못 던지겠어요!"

"그냥 쏴! 난 알아서 피할 거니까!"

"네, 전 몰라요!"

심영수는 폭발 구체를 냅다 던졌다.

서문엽과 괴물들이 뒤엉킨 곳에 폭발 구체가 떨어졌다.

콰르르릉!!

"크엑!"

"끼에엑!"

괴물들이 폭발에 휩싸여 비명을 질렀다.

서문엽은 어느 틈에 폭발 범위에서 빠져나와 있었다.

폭발이 끝나자 서문엽은 다시 달려들어서 괴물들과 치고받고 싸웠다.

그러면서도 팀 전체를 지휘하는 오더는 끊이지 않았다.

"최혁은 오른쪽, 채우현은 왼쪽, 신태경은 후방! 세 방면은 방어만 하고 공격은 오로지 정면에만 집중한다! 딜러들 전부 정면만 바라보고 싸워! 피에트로는 마법진 1개만 꺼내! 무조건 정면!"

무지막지한 돌파가 펼쳐졌다.

사방에서 괴물 군단이 쏟아졌지만 한국 팀은 아랑곳하지 않고 정면 돌파를 단행했다.

양 측면과 후방은 3명의 탱커들이 기를 쓰고 방어했고, 딜러들은 서문엽과 함께 정면에 있는 괴물들을 쓰러뜨렸다. 피에트로는 마법진 1개를 생성해 소환한 영령들로 사냥을 도왔다.

"괴물이 너무 많다. 이나연! 괴물들 좀 데리고 다른 데로 가!"

"네!"

이나연은 여기저기 화살을 쏴서 괴물들의 주의를 끌었다.

그러고는 점프를 연속으로 뛰며 괴물들을 유인해 멀리 사라졌다.

이나연이 괴물들을 다수 끌고 간 덕에 싸움이 수월해졌다.

더 힘을 내서 쭉쭉 돌파를 할 때쯤, 서문엽이 다시 이나연에게 말했다.

"이나연, 이제 돌아와."

—네!

이나연은 괴물들을 뒤에 달고 되돌아왔다.

다소 여유가 생긴 한국 선수들은 이나연이 끌고 온 괴물들도 어렵지 않게 사냥했다.

그렇듯 이나연은 괴물들이 너무 몰려서 힘겨워질 때마다

괴물들을 유인했다가 다시 돌아와서 사냥을 원활하게 해주는 역할을 했다.

사냥 포인트가 쭉쭉 모였다.

서문엽을 제외한 전원이 2단계 보랏빛에 접어들었다.

서문엽은 3단계 붉은색이었다.

사냥 포인트 덕에 더 강해지자 돌파 속도도 더 빨라졌다.

"3시 방향 중간 보스 몹 출현!"

오른쪽 방면을 마크하고 있던 채우현이 소리쳤다.

4구역의 중간 보스 몹인 언데드 상급 사제였다.

"건드리지 마. 자세를 낮추고 숨어서 통과한다."

저 중간 보스 몹을 처치할 경우 4구역이 붕괴한다. 그러면 안내 메시지가 프랑스에게도 전달된다.

즉, 한국이 심장부로 향하고 있다는 걸 프랑스에게 들키고 마는 것이다.

그 경우 프랑스가 발 빠른 소수 인원을 보내서 최종 보스 몹 사냥을 방해하거나 스틸을 노리는 등 귀찮은 일이 생긴다.

나단 베르나흐나 루이 코시엘처럼 강력한 공격력을 지닌 프랑스의 딜러들은 최종 보스 몹을 스틸하는 플레이에도 능하기 때문에 골치 아픈 일은 미리 피해야 했다.

한국 선수들은 자세를 최대한 낮추고 은폐물에 숨어서 통과했다. 다행히 언데드 상급 사제는 그들을 발견하지 못했다.

그런데 사고가 생겼다.

실수가 아니라 불운한 상황이었다.

공교롭게도 4구역의 중간 보스 몹인 언데드 상급 사제가 방향을 틀어서 한국 선수들이 있는 쪽으로 다가오기 시작한 것이다.

―3시 방향, 언데드 상급 사제 이쪽으로 옵니다.

채우현이 매우 작은 목소리로 속삭였다.

"누가 들켰어?"

서문엽이 물었다.

―아뇨, 그냥 통상 이동입니다.

언데드 상급 사제의 동선이 한국의 심장부 침투 경로와 겹쳤다. 우연히 벌어진 일로, 연습 때는 10번 중 1번 나온 상황이었다.

'하필이면.'

혀를 찬 서문엽은 플랜 B를 가동했다.

"전부 심장부로 계속 이동한다. 저 녀석은 내가 상대하지. 심장부에 도착하면 말해."

―예.

모두들 청각으로는 들리지 않을 정도로 작게 대답했다.

이윽고 한국 선수들 10명이 은폐물에서 나와 재빠르게 심장부로 이동했다.

당연히 언데드 상급 사제가 그 광경을 보고 손을 뻗었다.

<u>츠츠츠츠!</u>

뼈밖에 없는 손가락에 사악한 검은 기운이 뭉쳤다.

그러나 그때, 서문엽이 뛰쳐나와 창을 던졌다.

쐐애액!

곧바로 두개골을 향하는 창.

언데드 상급 사제는 손가락 방향을 돌려 창을 향해 시커먼 광선을 쏘았다.

츠아아악!

시커먼 광선이 창을 튕겨 버렸다.

이로써 언데드 상급 사제의 이목은 서문엽에게로 돌려졌다.

물론 서문엽도 투창 한 방에 처치할 거라는 기대는 하지 않았다.

처치할 생각도 없었다. 서문엽은 이 언데드 상급 사제를 최대한 오래 붙들고 있을 작정이었다.

'이 녀석을 처치하면 안내 메시지가 프랑스에게 가버리거든.'

한국 선수 10명이 모두 최후의 던전 심장부에 도달하여서 최종 보스 몹과 맞닥뜨리고 있을 때, 그때 비로소 눈앞의 중간 보스 몹을 처치하고 합류하겠다는 계획이었다.

그때는 프랑스가 눈치채고 방해를 위해 인원을 보낸다 해도, 그 전에 최종 보스 몹을 해치우면 되기 때문이다.

그때까지는 이 언데드 상급 사제를 죽이지 않고 최대한 오래 놀아줘야 했다.

서문엽은 왼쪽으로 우회하며 언데드 상급 사제에게 돌진했다.

츠츠츠츠!

언데드 상급 사제는 검은 기운을 두 손에 모으기 시작했다.

그리고 서문엽이 지척에 도달하여 창으로 찌르려던 때.

파아앗!

커다란 직사각형의 보호막이 생성되었다.

깡!

창은 보호막을 뚫기는커녕 흠집도 못 내고 튕겨났다.

'절대 보호막.'

서문엽은 미소를 지었다.

저 언데드 상급 사제는 실존했던 상급 사제의 주특기를 그대로 본뜬 몹이었다.

저 절대 보호막은 실제로도 슈란의 소멸 광선조차 뚫지 못했던 절대적인 방어 수단이었던 것이다.

한 손엔 절대 보호막.

그리고 다른 손으로는 검은 광선을 쏘는 언데드 상급 사제는 언뜻 보기에 절대 못 이기는 최강의 적으로 보였다.

하지만 서문엽은 여유를 가지고 차근차근 상대했다.

절대 보호막과 검은 광선.

그 두 가지 패턴밖에 없었기 때문에 실제 모델인 상급 사제보다 훨씬 상대하기 손쉬웠다.

서문엽은 공격을 하지 않고 언데드 상급 사제가 쏘는 암흑 광선만 피해 다녔다. 당장 처치할 것도 아닌데 벌써부터 힘을 뺄 필요는 없었기 때문에 피해 다니기만 했다.

단조로운 공방을 주고받으며 시간이 흘렀다.

싸움을 한참 동안 지속했을 무렵이었다.

─심장부 도착, 최종 보스 앞이야.

백하연의 목소리가 들렸다.

서문엽은 눈을 빛냈다.

"알았어. 금방 갈게."

비로소 서문엽의 공격이 시작됐다.

언데드 상급 사제가 왼손으로 검은 광선을 쏘려고 할 때였다.

똑같은 타이밍에 서문엽도 창을 던졌다.

창은 회전이 실려서 광선을 피해 궤도를 꺾으며 언데드 상급 사제의 몸통을 향해 날아갔다.

언데드 상급 사제는 급히 오른손의 절대 보호막을 갖다 대어서 방어하려 했다.

하지만 창은 계속 불규칙한 궤도로 꺾였다.

스크루를 그리며 날아간 창은 절대 보호막도 살짝 옆으로 피해 지나쳤고, 다시 원래의 방향으로 돌아와 언데드 상급 사제의 두개골을 향했다.

언데드 상급 사제는 상체를 숙여서 피할 수밖에 없었다.

그 순간, 서문엽은 상대의 시야에서 완전히 벗어날 수 있었다.

언데드 상급 사제가 다시 고개를 올렸을 때, 서문엽은 앞에 없었다.

왼쪽으로 빙 돌아서 이동한 서문엽은 측면에서 덤벼들었다.

언데드 상급 사제의 입장에서는 눈앞에서 사라졌다가 갑자기 측면에서 나타난 것이므로 대응이 늦었다.

퍼억!

창이 언데드 상급 사제의 오른쪽 팔을 부숴 버렸다.

오른손으로 유지하고 있던 절대 보호막도 그 바람에 사라져 버렸다.

왼손으로 다시 절대 보호막을 만들려 했지만, 서문엽이 한발 더 빨랐다.

빠각!

두개골이 창에 꿰뚫렸다.

—4구역이 붕괴됩니다. 60초, 59초, 58초…….

4구역의 붕괴가 시작됐다.

안내 메시지가 던전에 울려 퍼졌다.

이제 프랑스도 한국의 목적을 알아차렸다. 이제부터는 시간 싸움이었다.

서문엽은 전속력으로 심장부를 향해 달렸다.

$$*\qquad *\qquad *$$

─4구역이 붕괴됩니다. 60초, 59초, 58초……

안내 메시지가 울려 퍼지자 프랑스는 곧바로 사태를 파악했다.

"심장부다!"

"최종 보스 몹을 선점하려고 하는 거군!"

어느 던전이나 최종 보스 몹은 많은 사냥 포인트를 준다.

특히나 최후의 던전의 최종 보스 몹은 부여하는 사냥 포인트의 양이 다른 던전과 비교를 불허했다.

마무리 타격을 가한 선수에게 어마어마한 사냥 포인트를 주고, 던전 내에 생존해 있는 같은 팀 선수들에게도 많은 사냥 포인트를 특전으로 부여한다.

대신 그 정도 대가를 선물해야 마땅할 정도로 강력했다.

비교하자면 만인릉 황제보다 더 강력한 최종 보스 몹이었다.

다만 최후의 던전의 최종 보스 몹은 사냥 포인트 특전이 아주 풍부하기 때문에 만인룡 황제와 달리 꼭 사냥해야 할 몹이었다.

다만 이렇게 경기 초반부터 사냥을 시도할 몹은 아니었다.

성장이 덜한 초반에 사냥하기에는 오래 걸릴뿐더러, 상대 팀에게 들키면 방해받아서 오히려 피해 입기 쉬웠다.

"놈들이 최종 보스 몹을 몰래 사냥하려 한다. 4구역의 언데드 상급 사제가 동선상 겹치는 바람에 우리에게 들킨 거야."

"그럼 가만둬서는 안 되지."

프랑스도 곧바로 심장부를 향해 선수 4명을 파견했다.

그 4명 중에는 나단 베르나흐와 루이 코시엘도 포함되어 있었다.

그 두 사람이 보스 몹 스틸 성공률이 가장 높았기 때문이었다.

*   *   *

서문엽은 전속력으로 뛰어서 최후의 던전 심장부에 다다랐다.

한국 팀은 최종 보스 몹이 지키고 있는 심장실 앞에서 그를 맞이했다.

심장실.

최후의 던전을 지탱하는 거대 마력 코어가 있는 장소였다. 당연히 지저 문명에서 가장 중요한 곳으로, 이곳을 수호하는 역할은 대대로 대사제의 일이었다.

즉, 실제로는 서문엽의 7영웅이 전 대사제, 피에트로와 사투를 벌였던 전장이었다.

"진입하자, 시간이 없어."

"예!"

한국 팀은 심장실 안으로 진입했다.

심장실은 벽 대신 투명한 보호 결계로 둘러싸인 장소였다.

마력 코어의 오러를 사방으로 뻗어 보내는 연결선이 수십 가닥 연결되어 있어서 거미줄의 중심부를 연상케 했다.

그리고 그곳에는 최후의 던전의 최종 보스 몹, 언데드 대사제가 기다리고 있었다.

겉모습부터가 위압감이 넘쳤다.

키가 무려 3m나 되는 거대한 언데드.

그 덩치만큼이나 거대한 검은 로브는 황금빛으로 된 기하학적인 문양이 새겨져 있었다.

뼈는 수정처럼 푸른 빛깔을 띠고 있었다. 마력석을 비롯한 온갖 광물로 단단하게 개조된 뼈였다. 그 탓에 웬만한 물리적 타격에도 실금 하나 안 가는 엄청난 내구성을 가진 괴물이었다.

거기에 철탑을 연상케 하는 금속 지팡이를 들고 있으니, 육탄전으로도 엄청나게 강해 보였다.

언데드 대사제가 고개를 들었다.

두개골의 눈두덩이 있어야 할 자리에 푸른빛이 번뜩였다. 담이 약한 사람은 저 눈빛에 심장이 멈출지도 모를 정도로 오싹했다.

"크어어어!"

언데드 대사제가 괴성을 질렀다. 마치 사령의 원한에 찬 비명과도 같았다. 언데드 대사제는 성역의 심장실에 침범한 인간들에게 분노를 표출하고 있었다.

언데드 대사제가 지팡이에 오러를 실어 휘둘렀다.

파파팟!

땅에 둥그런 원 3개가 나타났다.

그리고 원 안에서 검은 오러로 이루어진 박쥐 3마리가 나타났다.

오러로 만든 괴물을 꺼내는 능력. 언데드 대사제에게 설정된 전투 수법이었다.

영령을 소환하는 피에트로의 술법과 유사한데, 난이도 조절을 위해 좀 더 약하게 설정된 게 현재의 모습이었다.

오러 박쥐는 겨우 3마리였지만 상당히 컸다.

날개를 활짝 펼치자 휴지처럼 하늘거리며 날아올랐다. 3마리가 일시에 커튼처럼 하늘을 다 덮을 기세였다.

"최혁과 근접 딜러들은 대사제 직접 타격. 나머지는 소환수를 상대한다. 심영수는 속박 위주로, 피에트로는 마법진 3개."

서문엽이 신속하게 오더를 내렸다.

한국 대표 팀은 오더대로 일사불란하게 언데드 대사제 사
냥을 시작했다.

메인 탱커 최혁은 백하연, 박영민, 유벽호 등 근접 딜러 3인
과 함께 언데드 대사제에게 달려들었다.

채우현, 신태경은 공중에서 습격해 오는 오러 박쥐를 마크
했다. 특히 신태경은 지치지 않는 '무한 체력'으로 마구 뛰어다
니며 오러 박쥐 2마리를 혼자 마크했다.

심영수가 오러 박쥐에 한 마리씩 '속박'을 걸었다. 그러면 이
나연과 조승호가 화살을 쏘고, 피에트로가 마법진 3개에서
소환한 영령들도 공세에 합류했다.

서문엽은 창을 던져서 언데드 대사제와 소환수를 모두 공
격했다.

콰앙!

"크헉!"

최혁은 언데드 대사제가 휘두른 지팡이를 방패로 막으며
신음했다.

전달되는 물리적 충격이 너무 거셌다.

마법형 원거리 딜러같이 생긴 주제에 물리 공격력도, 맷집
도 너무 센 언데드 대사제였다.

철썩!

백하연이 채찍을 휘둘러 두개골을 후려갈겼다. 그러나 언데드 대사제는 꿈쩍도 안 했다. 흠칫한 기색도 없이 완전히 공격을 무시해 버렸다.

"참나."

백하연은 혀를 내둘러야 했다.

평소보다 세게 휘둘렀는데도 반응조차 없다니. 최소한의 대미지를 입히려면 오러를 많이 주입해야 할 듯했다.

"나와봐요!"

박영민이 화염에 둘러싸인 검을 휘두르며 소리쳤다. 강력한 초능력이 강점인 박영민이 '화염검'을 처음부터 꺼내 들었다.

강한 오러가 응집되어 있었기 때문에 이번에는 언데드 대사제도 반응을 보였다.

쿠앙!

지팡이로 화염검을 막았다.

화르르르!

검과 지팡이의 충돌 순간, 화염이 폭발하며 언데드 대사제를 덮쳤다.

그러나 언데드 대사제가 로브로 가려서 화염을 막아냈다. 로브는 화염에 닿았음에도 조금도 그을리지 않았다. 화려한 황금빛 무늬가 수놓인 검은 로브는 그저 장식품이 아니었던 것이다.

박영민의 공격도 안 먹히니 공격력이 약한 유벽호는 덤빌 엄두도 내지 못했다.

하지만 세 근접 딜러는 잘해주고 있었다.

백하연과 유벽호는 주의를 분산시키는 역할.

그리고 대미지를 입히는 진짜 공격은 박영민과 더불어, 최혁의 역할이기도 했다. 최혁은 메인 탱커였지만 그의 초능력 오러 집중은 강력한 공격력을 지녔기 때문.

"흐아압!"

최혁이 오러가 집중된 검으로 언데드 대사제의 다리를 후려쳤다.

쿠우웅!

굉음이 울려 퍼졌다.

역시나 엄청나게 굵고 단단한 언데드 대사제의 정강이뼈는 멀쩡했다. 하지만 아예 대미지가 없었던 건 아닌지 언데드 대사제가 비틀거렸다.

"됐다!"

"조심해! 타격 입고 나면 화나서 괴물을 더 소환하니까."

백하연이 경고했다.

언데드 대사제는 정말로 지팡이를 휘둘러서 오러로 이루어진 괴물을 더 꺼냈다.

꺼낸 것은 거인이었다.

손발에 족쇄가 채워진 거인.

지저 세계에 서식하는 생명체를 재료로 수많은 괴물을 만든 지저인.

당연하지만 지저인의 육체를 활용해 괴물을 만들겠다는 발상도 했다.

언데드가 대표적이었지만, 육체의 모든 기능을 비약적으로 상승시킨 괴물도 연구했고, 그 결과가 바로 이것이었다.

"끄흐흐흐흐."

거인은 괴이한 웃음을 지으면서 충혈된 눈으로 탐욕스레 한국 선수들을 응시했다.

언데드 대사제가 손짓하자 거인이 공격을 개시했다.

"으왓! 하필이면!"

최혁은 거인이 깍지를 낀 두 손을 철퇴처럼 휘두르자 방패로 막을 생각도 못 하고 정신없이 물러났다.

부웅!

바람을 가르는 소리가 살벌했다.

언데드 대사제가 만드는 괴물의 종류는 순서가 랜덤이었다.

하필이면 탱커가 가장 상대하기 까다로운 거인이 나타났다. 거인은 힘이 너무 세서 방패로 막으면 오히려 타격을 입기 때문이다.

"삼촌, 여기!"

백하연이 서문엽에게 지원 요청을 했다.

다른 선수들과 함께 오러 박쥐 3마리를 정리한 서문엽은 즉각 도우러 달려갔다.

100의 속도로 달리고 119의 기술로 가속도에서 나오는 모든 위력을 창끝에 집중시켰다. 그리고 110의 민첩성으로 거인의 미간에 창을 찔렀다.

콰직—!!

단 한 방.

거인은 창에 미간이 꿰뚫린 채 움직임이 멎었다. 그대로 털썩 주저앉아 고개를 떨어뜨렸다.

최혁을 애먹게 했던 거인을 일격에 정리한 서문엽은 연이어 언데드 대사제에게 덤볐다.

최혁의 어깨를 밟고 언데드 대사제의 머리 위까지 훌쩍 도약한 서문엽.

언데드 대사제는 공중에 뛰어오른 서문엽에게 지팡이를 힘껏 휘둘렀다.

빠각!

엄청난 타격성이 울려 퍼졌다.

공격에 당한 쪽은 바로.

"크아아아!"

언데드 대사제였다.

지팡이가 날아드는 순간, 서문엽은 공중에서 몸을 비틀어 절묘하게 피하면서 카운터로 어깨를 찔러 버린 것이다.

창끝에 강렬한 오러가 실려 있었기 때문에 어깨뼈에 금이 갈 정도였다.

"크어어어어어어!!"

격노.

언데드 대사제는 지팡이에 오러를 담아 땅을 내려찍었다.

쿵!

둥그런 원이 무려 10개나 나타났다.

10개의 원에서 일제히 괴물이 나타났다.

그것은 사람 머리 크기의 눈알이었다.

검은 오러로 이루어진 눈알은 눈동자를 희번덕거리며 사방을 둘러보고 있었다.

"조심해! 탱커들 방패 각도 잘 잡고!"

서문엽이 소리 질렀다.

10마리의 오러 눈알은 제각기 다른 방향을 바라보았다.

눈동자가 점점 작아지더니.

파츠츠츠츠츠츠츠!!

눈동자에서 검은 광선이 쏘아져 나왔다.

삽시간에 10가닥의 광선이 쏘아진 것이다.

선수들은 다급히 회피하거나 방어를 했다.

탱커들은 방패로 막았고, 미처 생각지 못한 방향에서 날아오는 광선에 맞지 않도록 각별히 주의했다.

딜러들은 이리 뛰고 저리 뛰며 피했다.

단, 예외는 피에트로였다.

피에트로는 가만히 서 있었다. 마법진 3개가 움직이며 광선들을 전부 차단시켰다.

다들 바짝 긴장했다.

오러 눈알들은 언데드 대사제의 공격 중 가장 까다로웠다. 연습 중에도 한두 명씩 데스당하는 일이 빈번했을 정도였다.

"여길 봐!"

서문엽이 창으로 언데드 대사제를 한 번 더 후려갈겼다.

콰앙!

"크어어!"

언데드 대사제는 명치를 창에 찔려 또다시 주춤거렸다.

언데드 대사제도 지팡이 휘두르는 솜씨가 보통이 아니었음에도, 서문엽의 창술을 당해낼 수는 없었다.

그러자 10개의 오러 눈알이 모두 서문엽에게 향했다.

다른 선수들은 한숨 돌렸지만 이번에는 서문엽의 위기였다.

"조, 조심……!"

"알았으니까 비켜, 인마."

최혁이 도와주려고 방패를 들고 다가왔지만 오히려 핀잔만 받고 물러났다.

이윽고.

파츠츠츠츠츠!!

눈알들이 일제히 광선을 쐈다.

10가닥 전부 서문엽을 노렸다.

팟!

서문엽은 오른쪽으로 몸을 날려서 데굴데굴 구르다가 몸을 튕겨서 공중에 떠올랐다.

그 같은 회피 동작으로 광선들을 전부 절묘하게 피했다.

한바탕 묘기에 모두들 입을 쩌억 벌린 채 놀란 얼굴을 했다. 순발력이 아무리 좋아도 같은 인간일진대 어떻게 저럴 수가 있나 싶었다.

모두의 기억 속에 길이 남을 묘기를 선보인 서문엽은 창을 던졌다.

날아간 창은 이번에도 언데드 대사제의 두개골에 적중했다.

서문엽의 공격은 적중되지 않는 법이 없었다.

"크아아아아!"

화가 머리끝까지 났는지 어느 때보다도 격렬하게 소리를 지른다.

눈알 10개가 또다시 서문엽에게 광선을 쏘아댔다.

서문엽은 위로 도약하며 방패로 광선 2가닥을, 창으로 1가닥을 막아냈다.

그것도 모자라 공중에서 몸을 회전하며 1가닥을 더 피했고.

콱!

"크어어!"

착지하면서는 언데드 대사제의 발목을 창 뒤쪽의 이중날로 찍었다.

서문엽이 이토록 활약하니 다른 선수들도 가만히 있을 수
없었다.

"눈알들을 처리해!"

백하연이 소리쳤다.

선수들은 언데드 대사제와 눈알들의 공격이 서문엽에게 쏠
려 있는 틈을 놓치지 않았다.

선수들의 공격으로 눈알은 6개로 줄어들었다.

"너희는 소환수 처리에 집중! 저 새끼는 내가 맡는다!"

서문엽이 소리쳤다.

역할 분담이 바뀌었다.

선수들은 이리저리 활발하게 뛰어다니며 오러로 이루어진
괴물들을 맡았다.

그사이, 서문엽은 계속 언데드 대사제와 일대일 대결을 벌
였다.

3m의 거대한 몸집.

웬만한 공격에도 꿈쩍 안 하는 특수 개조된 뼈.

거대한 금속 지팡이와 그것을 휘두르는 힘!

언데드 대사제는 어디에도 육탄전에서 밀릴 이유가 없었다.

하지만 서문엽과 일대일로 싸우면서 언데드 대사제는 계속
흠씬 얻어맞았다.

서문엽은 일방적으로 패기만 했다.

여기저기 후려 맞으면서 언데드 대사제의 몸이 손상되기 시

작했다.

그때쯤, 서문엽은 새로운 오더를 내렸다.

"프랑스 애들 도착할 때 됐다. 전원 경계. 피에트로는 마법진 13개 다 꺼낼 준비하고. 조승호는 모두에게 조금씩 오러를 나눠줘."

서문엽은 그 와중에도 시간까지 계산하고 있었다.

지금쯤 프랑스에서 가장 발이 빠른 선수들이 심장부에 도착할 때가 됐다고 염두에 두고 있었던 것이다.

그 예상은 틀리지 않았다.

*   *   *

루이 코시엘은 언데드 대사제의 상태를 보고 깜짝 놀랐다. 언데드 대사제는 서문엽의 공격에 잇달아 당하면서 손상이 많이 가 있었던 것이다.

"대사제 상태가 안 좋아 보이는데?"

"벌써 저렇게 때려놓다니. 바로 스틸 들어가야 할지도 모르니까 염두에 두고 있어."

"알았어."

나단의 당부에 루이 코시엘은 고개를 끄덕였다.

1세트의 치욕을 잊을 수 없었다.

비록 실제로 죽지는 않는다지만 그래도 '자폭'은 기분이 좋을 수 없는 초능력이었다.

그래서 자폭을 시도했는데도 아무런 효과도 거두지 못하면 몹시 불쾌해진다.

코앞에서 자폭을 맞았는데도 멀쩡한 서문엽은 루이 코시엘에게 정신적인 충격을 주었다.

'내가 목숨을 바쳤는데도 상처 하나 못 입혔다고?'

부글부글 끓어올랐다. 어떻게든 타격을 입히고야 말겠다고 결의했다. 그리고 그러지 못하면 월드컵 우승컵을 빼앗기게 된다.

루이 코시엘은 여차하면 언데드 대사제와 자폭해서 스틸을 할 결심을 했다.

그러면 11명에서 1명이 죽게 되지만, 그렇다 해도 언데드 대사제를 처치하고서 얻는 사냥 포인트 혜택이 매우 크기 때문에 남는 장사였다.

언데드 대사제를 사냥하려고 한국 대표 팀이 소비한 시간과 오러를 감안하면 배는 더 이익이며, 정신적인 타격도 줄 수 있으니 멘탈 면에서도 이득이었다.

한국 측도 그런 계산을 했다.

때문에 서문엽을 제외한 10명은 나단 일행을 견제하는 데 온 신경을 기울이고 있었다.

"최혁, 채우현, 신태경 모두 후방 견제. 적들이 돌파하지 못하게 막아야 해!"

백하연이 싸우느라 정신없는 서문엽 대신 오더를 내렸다.

3탱커가 후방으로 빠져서 나단 베르나흐 일행이 언데드 대사제를 스틸하러 파고들지 못하도록 스크럼을 짰다.

그 뒤로도 백하연과 심영수가 대기했다.

나단 일행이 돌파를 시도하면 백하연이 즉각 채찍과 순간이동으로 카운터를 칠 테고, 심영수는 속박으로 발을 묶을 터였다.

순간 가속으로 30초간 세계 최속으로 움직일 수 있는 유벽호도 대기 중이었다.

하지만 나단 일행이 가장 두려워하는 상대는 그 뒤에 있는 피에트로 아넬라였다. 결정적인 싸움이 아닌 한 오러를 최대한 아끼는 피에트로였지만, 여차하면 마법진 13개를 모두 꺼내 죽이려 들지도 몰랐다.

'자칫 잘못하면 다 죽는다.'

나단 베르나흐는 긴장감을 느꼈다.

돌파 잘못했다가 여기에 있는 4명이 다 죽으면 2세트도 패배였다. 그러면 프랑스는 끝장이다. 2-0으로 스코어가 몰리면 월드컵 우승컵과도 멀어지게 된다.

나단 일행은 일단 가만히 기회를 봤다.

언데드 대사제가 괴물들을 만들어 쏟아내면 한국 측도 이에 대처하느라 정신없을 것이다. 그 혼란의 틈을 타면 기회가 생길 터였다.

'스틸이 아니라도 최소한 두어 명 정도라도 처치하고 물러나면 돼.'

서문엽과 피에트로의 조합이 너무 부담스러운 나단 베르나흐였다.

기회가 됐을 때 한국 팀의 숫자를 줄여서 우세하게 만들어야 했다. 바로 지금이 좋은 기회였다. 이 찬스를 놓칠 수 없었다.

*　　　*　　　*

"크어어!"

언데드 대사제가 다시 괴물을 만들었다.

드드드드드득!

땅에서 흙덩어리가 뜯겨져 나와 찰흙처럼 오밀조밀 뭉쳐지며 거대한 사람의 형체를 이루었다.

그렇게 흙으로 된 거인이 5명이나 만들어졌다.

"골렘이다!"

"하필 이럴 때!"

한국 선수들이 불평을 했다.

골렘은 흙으로 된 인형으로, 부숴도 끊임없이 회복되기 때문에 까다로웠다.

골렘을 조종하는 오러가 뭉쳐진 내핵을 터뜨려야 완전히 처치할 수 있다. 내핵은 골렘의 머리나 몸통, 손발 등 어디에도 있을 수 있기 때문에 골치 아팠다.

"침착하게 한 마리씩 처치해! 채우현, 골렘 5마리 전부 둔화 걸어!"

서문엽이 소리쳤다.

그제야 한국은 침착성을 되찾았다.

채우현은 골렘 5마리에게 자신의 초능력 '둔화'를 걸었다.

―둔화: 반경 10m 내의 타깃 10명의 움직임을 30% 둔화시킨다. 본인도 움직일 수 없으며, 본인보다 오러양이 적은 타깃에게만 적용된다.

채우현의 오러 수치는 83이었다.

언데드 대사제가 골렘들에게 각각 부여한 오러양은 채우현의 오러양보다 적었기 때문에 '둔화'가 통했다.

안 그래도 느린 편이었던 골렘들의 움직임이 더욱 둔해졌다.

골렘들의 공격에 대처하기가 쉬워졌기 때문에 그나마 혼란이 줄어들었다. 채우현이 '둔화'를 펼치지 않았으면 프랑스와 골렘들로 인해 내우외환 같은 상황이 벌어졌을 터였다.

하지만 나단 일행도 이 기회를 버리고 싶지 않았다.

"가자!"

나단이 소리쳤다.

그러자 루이 코시엘이 앞장서서 돌격하기 시작했다.

무모해 보이는 돌격이었지만 한국의 탱커들은 주춤했다.

채우현은 '둔화'를 펼치는 중이어서 움직일 수 없었고, 최혁과 신태경은 루이 코시엘이 자폭을 할지도 몰라서 맞붙기를 망설였다.

그것이 루이 코시엘의 무서운 점이었다. 자폭할까 봐 무모하게 돌격하는데도 저지하지 못하는 것이었다.

뒤따르는 나단 일행도 루이 코시엘과 살짝 거리를 벌린 채 쫓아오고 있어서 자폭의 위험성이 더 컸다. 루이 코시엘이 자폭하면 언제든 뒤로 물러나 피할 수 있는 거리를 유지하고 있는 것.

루이 코시엘은 미소를 짓더니 최혁에게 검을 휘둘렀다.

"큭!"

터엉!

검은 방패로 막았지만 가까이 붙어 있다는 사실에 경각심이 들었다.

'어쩔 수 없어. 배짱 싸움이다!'

최혁은 이를 악물었다.

물러나지 않고 맞섰다.

여기서 자폭한다면 자신과 옆에 있는 신태경 2명을 데려간다.

1명 죽고 탱커 2명을 잡을 수 있으니 수지 타산이 맞지만,

최혁은 루이 코시엘이 고작 그 정도의 성과를 위해 목숨을 버리려 하지 않을 거라고 믿었다.

그래서 물러서지 않고 맞섰고, 이는 정답이었다.

루이 코시엘은 자폭할 기미가 보이지 않았다.

그런데 옆에 있던 신태경이 오판을 해버렸다.

신태경은 루이 코시엘이 자폭으로 2명을 처치할 수 있다고 생각해서 옆으로 물러나 버린 것이다.

최혁과 일대일 상황을 만들어주면 자폭을 안 할 거라는 나름의 계산이었다.

문제는 그렇게 하자 탱커 라인에 간격이 너무 벌어졌다는 점이었다.

"안 돼!"

최혁이 소리쳤다.

신태경은 자신이 무엇을 잘못했는지 몰랐다.

파앗!

나단 베르나흐가 둘 사이에 벌어진 간격 틈새로 광속으로 파고들었다. 신태경이 공간을 내준 탓이었다.

파고든 나단은 '둔화'를 펼치느라 가만히 있던 채우현을 공격했다.

차좌좌좍!

쌍도가 폭풍처럼 춤을 췄다. 두 자루의 도가 서로 엇박자로 움직이는 무질서한 도법!

"크윽!"

채우현은 쌍도법의 화려 무쌍한 변화에 기가 질려 급히 방패를 들며 뒷걸음질을 쳤다.

움직이는 바람에 '둔화'가 풀렸다.

골렘 5마리의 움직임이 급격히 활발해졌다.

반대급부로 한국 진영이 혼란에 의해 붕괴되었다.

골렘들이 활발해진 것보다는 포메이션 안에 나단이 침투해 들어왔다는 데에 두려움을 느낀 탓이었다.

상대가 나단 베르나흐였다.

1세트에서 서문엽에게 졌지만 여전히 무서운 근접 딜러다.

그런 적이 파고들자 다들 과민 반응을 해버린 것이다.

그때, 두 여자가 크게 활약했다.

"이얍!"

이나연이 씩씩하게 점프를 하며 골렘들을 공격했다. 접근해 화살을 쏘고, 점프로 머리 위에 올라서는 등 골렘들을 이목을 자신에게로 끌어왔다.

골렘들이 온통 이나연에게로 신경이 쏠리자 다른 선수들이 여유롭게 되었다.

팀을 위해 무엇을 해야 하는지 정확히 판단한 이나연의 플레이였다.

백하연은 나단을 직접 견제했다.

눈이 마주치자 나단은 씨익 웃어 보였다.

적으로 만나면 얼마나 무서운지 잘 알기 때문에 살 떨렸지만, 백하연은 침착하게 거리를 유지하며 채찍으로만 상대했다. 나단의 돌파만 저지하려는 플레이였다.

복잡한 난전이 펼쳐지고 있었다.

서문엽은 언데드 대사제와 무시무시한 육탄전을 펼치고 있었고, 한국 선수들은 침투를 시도한 프랑스 선수들과 골렘들을 상대하느라 안팎으로 정신없었다.

그곳에서 여유가 있는 사람은 한 명밖에 없었다.

피에트로는 덤덤히 그 광경을 지켜보고 있었던 것이다.

오러를 크게 쓰면 이 상황을 단번에 정리할 수 있지만, 그렇게 되면 경기 초반부터 오러를 크게 소진하게 된 셈이 된다.

물론 실제로는 다섯째 상급 사제의 영혼과 융합돼 막대한 오러양을 손에 넣었지만, 배틀필드 경기를 할 때는 힘을 적정선까지만 쓰기로 했기 때문에 자제하고 있었다.

[야, 나단 쟤 잡을 수 있겠어?]

문득 서문엽이 물어왔다.

오러에 소리를 담고 피에트로에게만 들리도록 건넸다.

피에트로도 같은 수법으로 서문엽에게 대꾸했다.

[잘 모르겠군. 워낙 빨라서 도망칠 거다. 아직 분신술을 쓰지 않고 아끼는 걸 보니 나를 의식하는 모양이군.]

피에트로는 정확하게 보았다.

나단은 피에트로를 의식해서 분신술을 아끼는 중이었다. 피에트로가 힘을 발휘하면 그때 나단도 분신술을 펼쳐서 맞설 요량이었다.

두 사람이 대화를 주고받을 때였다.

—나단 베르나흐, 1킬.

채우현이 결국 나단 특유의 몰아치는 공세를 견디지 못하고 데스당했다.

백하연이 채찍으로 견제하고 있었음에도 눈 하나 깜짝 안 하고 킬을 내버린 나단이었다.

참사는 끝나지 않았다.

뒤늦게 자신의 실수를 깨달은 신태경이 이를 악물고 나단에게 달려든 것이다.

실수를 만회하기 위한 필사적인 노력이었지만.

슈각!

—나단 베르나흐, 2킬.

나단은 순식간에 턴 동작으로 180도 회전하며 신태경의 하단을 공격했다.

하단 방어를 위해 방패가 내려가자, 다른 도가 빈 머리를 향해 찔러 들어왔다.

두 자루의 도가 두 지점을 동시에 노리자 신태경은 손발이 꼬여 허무하게 데스당했다.

서문엽은 나직하게 한숨을 쉬었다.

[야, 그럼 나단 말고 다른 놈 잡아.]

[누구 말이냐?]

[저 자폭쟁이 녀석 말이야.]

팀의 역량 때문일까.

나단에 의해 2데스나 당하자 서문엽도 가만히 정석적으로 대응할 수 없었다.

[알겠다.]

[내가 신호할 때까지 기다려.]

그렇게 말한 서문엽은 언데드 대사제와 싸우던 것을 그만 두고 돌연 나단에게 달려들었다. 더 이상 나단이 킬을 하게 놔둘 수 없다는 대응으로 보였다.

나단은 서문엽이 달려오자 결의 어린 표정이 되었다.

"서문엽이 이리 온다! 루이, 가서 대사제를 스틸해!"

고개를 끄덕인 루이 코시엘이 언데드 대사제를 향해 달렸다. 서문엽이 언데드 대사제에게서 떨어졌으니 지금이 기회였다.

프랑스 선수 2명이 그런 루이 코시엘을 호위했다.

나단은 서문엽이 접근하자 마침내 분신을 펼쳤다.

쑤욱!

두 나단이 서문엽을 정면에 두고 좌우로 흩어졌다.

4자루의 도가 회전하며 춤을 추기 시작했다.

나단 2명이 쌍도법을 펼치며 날뛰자 근처에 있던 한국 선수들이 지리멸렬하며 피하기 바빴다.

서문엽은 아군에 더 피해가 나기 전에 나단을 잡고 싶어 하는 모습이었다.

그러는 동안 루이 코시엘은 언데드 대사제에게 접근하는 데 성공했다.

"됐어!"

루이 코시엘은 즉각 '자폭'을 실행했다.

그리고…….

[지금이야.]

서문엽이 피에트로에게 신호를 주었다.

그러자 놀라운 상황이 펼쳐졌다.

파파파파파파파파팟!

마법진 13개가 일제히 나타나 루이 코시엘을 빈틈없이 감싸 버렸다.

'자폭'이 실행됨과 동시에 벌어진 일이었다.

제7장

우승컵

콰르르릉!

마법진 13개가 겹쳐져 구축된 포위망 안에서 쩌렁쩌렁한 폭발음이 울려 퍼졌다.

─루이 코시엘, 데스.

루이 코시엘의 아바타가 소멸됐다는 안내가 들렸다.

마법진은 13개 중 5개만 남고 모두 파괴되었다.

가장 중요한 언데드 대사제는……

"크어어어!!"

위험할 뻔했던 상황을 인지했는지 쩌렁쩌렁한 포효를 하며 격노를 터뜨렸다.

루이 코시엘의 자폭 스틸은 실패로 돌아간 것이었다.

"이런, 제기랄."

나단 베르나흐의 표정이 일그러졌다.

그런데 상황은 거기서 끝난 게 아니었다.

남아 있는 마법진 5개에서 영령들이 튀어나와 가장 가까이에 있는 적, 즉 언데드 대사제에게 일제히 달라붙은 것이다.

언데드 대사제는 오러를 가득 주입한 지팡이를 휘두르며 영령들을 쫓아냈지만, 숫자가 많았다.

마법진 5개는 전후좌우위로 언데드 대사제를 둘러싸며 계속 영령들을 소환했다.

"크아아아아!!"

영령들의 공격을 받을 때마다 언데드 대사제는 울부짖었다.

쿠우우웅!!

지팡이로 마법진 하나를 깨부쉈다. 아직도 대단한 오러를 갖고 있었던 탓에 마법진이 견디지 못했다.

쫘아아아앙!

또 하나 파괴.

하지만 3개 남은 마법진이 줄기차게 영령들을 뽑아냈다.

피에트로는 영령들에게 오러를 더 보내 공세에 박차를 가했다.

영령들이 공격할 때마다 묵직한 타격음이 언데드 대사제의 몸에서 났다.

―최후의 던전의 최종 보스, 언데드 대사제가 처치되었습니다.

마침내 안내가 떴다.

루이 코시엘을 마법진으로 둘러싸 막고, 동시에 언데드 대사제를 처치하는 설계가 성공한 것이다.

사냥 포인트가 한국 선수들에게 쏟아졌다.

마무리했던 피에트로와 3단계였던 서문엽은 둘 다 4단계 검은색 광채에 둘러싸였다.

다른 선수들도 일제히 3단계 붉은색에 접어들었다.

언데드 대사제가 사라지자 그가 만든 골렘들도 움직임이 시들시들해졌다. 부여된 오러가 다 소진되면 폭삭 무너져 버릴 터였다.

"후퇴!"

나단이 소리쳤다.

프랑스 선수 3인이 일제히 도망쳤다. 언데드 대사제가 사라진 이상 수적으로 너무 불리해서 싸울 수가 없었다.

"쫓아!"

서문엽이 소리쳤다.

언데드 대사제는 사냥했지만 채우현, 신태경 등 탱커 2명을 잃었다. 남은 탱커는 서문엽과 최혁뿐인데 운영상 문제가 될 수밖에 없었다.

사냥 포인트에서 우세해졌지만 프랑스가 이대로 장기전으로 끌고 간다면 어찌 될지 알 수 없는 것이다.

'최소한 저놈까지는 죽여야 확실히 승기를 잡는다.'

서문엽은 쏜살같이 달아나는 나단을 쫓았다. 다른 한국 선수들도 누구를 처치하는 게 가장 중요한지 잘 알고 있었다.

백하연, 이나연 등 발 빠른 두 선수가 나단 추격에 합류했다.

나단도 자신이 최우선으로 노려진다는 것을 이미 알아챈 상태였다.

'속도로 따돌리는 건 불가능하다.'

같은 소속 팀 동료인 백하연은 달리기 속도에서 자신과 타이를 이뤘다. 순간 이동을 쓰면 더 빨라진다는 뜻.

거기에 이나연과 서문엽은 자신보다 빨랐다. 다행히 이나연은 공격력이 별로라서 무시해도 되지만 서문엽이 문제였다.

'어느 정도 희생은 치러야 할 테지만, 킬을 내줄 수는 없어.'

고민 끝에 나단은 결정을 내렸다.

바로 두 분신이 각기 다른 방향으로 달아나는 것이었다.

4구역이 붕괴되면서 달아날 수 있는 길은 2가지밖에 안 남았는데, 그 2가지 루트를 다 사용하는 것.

두 나단이 양쪽으로 나뉘어 달아나자 백하연이 소리쳤다.

"꼬리 자르기야!"

위태로운 상황에서 분신 하나를 포기하는 나단의 도주. 그 덕에 나단은 정말 웬만하면 데스를 안 당하기로 유명했다.

"내가 오른쪽을 쫓는다. 이나연, 백하연은 왼쪽의 나단을 쫓아. 나머지 모두 왼쪽 나단을 쫓아가!"

서문엽이 오더를 내렸다.

그로써 서문엽은 홀로 오른쪽 루트로 달아나는 나단을 뒤쫓게 되었다. 방어력을 포기한 대신 무게가 가장 가벼운 특수 갑옷을 입은 서문엽은 스피드가 무척 빨랐다.

속도 100/101. 속도 능력치가 95인 나단보다 빠를 수밖에 없는 전속 질주였다.

나단은 금방 따라잡혔고, 일정 거리에 들어서자 서문엽은 창을 던질 태세를 갖추고 타이밍을 쟀다.

나단은 위기감을 느꼈다. 1세트의 완패 탓에 서문엽에게서 더욱 큰 압박감을 느끼게 되었다.

등 뒤에서 금방 창이 날아들 것 같은 위협감을 느꼈다.

'안 돼, 아직이야. 아직 더 버텨야 돼.'

나단은 금방이라도 분신을 해제하고 싶었다.

분신 하나가 죽으면 오러가 흩어져 10%밖에 남지 않는다. 최악의 페널티였다.

하지만 죽기 전에 해제시키면 그냥 분신이 지니고 있던 오러양 50%를 포기하는 것으로 그친다.

가장 좋은 것은 두 분신이 다시 합쳐지면서 30%의 오러를 회복하는 것이지만, 지금 상황에서는 그럴 수가 없었다. 그 전에 서문엽에게 따라잡혀 죽을 판이었다.

나단은 분신 하나로 서문엽을 최대한 다른 방향으로 유인하는 데 쓴 뒤, 죽기 전에 분신을 해제할 생각이었던 것이다.

나머지 한국 선수들이 전부 왼쪽의 나단을 쫓고 있지만, 서문엽보다는 상대하기 나았다.

'백하연이 채찍을 써서 가로막을 테지만 피할 수 있어. 이나연이 쏘는 화살이야 문제도 아니지. 피에트로가 공간 이동을 펼쳐서 가로막는 게 문제지만, 싸우지 않고 피하는 정도야 어찌어찌 가능할 거다.'

나단은 도주하면서 계속 계산을 했다.

프랑스 선수들도 나단 일행을 구출하기 위해 달려오고 있는 상황이었다.

험난한 추격을 받겠지만 결국 살아서 아군과 합류할 수 있다.

하지만 서문엽이 문제였다.

지금 충분히 반대 방향으로 따돌려 놓지 않으면, 서문엽이 한국 선수들과 합류해서 즉각 한 타 싸움을 열려고 들 것이다.

한국은 언데드 대사제를 사냥했기 때문에 현재 사냥 포인트에서 많이 앞서 있는 상태. 지금 싸우면 매우 불리하다.

지금 충분히 서문엽을 다른 곳에 유인해 놓은 뒤에, 아군과 합류하고 재정비하겠다는 것이 나단의 계획이었다.

그때였다.

파앗!

"왔다!"

창이 날아오는 것을 느꼈다. 창에 실린 오러의 기운을 감지한 탓이었다. 까다롭게도 회전력을 실어 예측할 수 없는 궤적을 그리는 창이었다.

왼쪽? 오른쪽? 정면?

나단은 어디로 피할지 갈등했다.

그냥 지금이라도 분신을 해제할까?

'아냐, 이 정도는 피해야 한다!'

나단은 쌍도를 꽉 쥐었다.

이윽고 창이 왼쪽에서 날아들었다.

나단은 순간적으로 뒤돌면서 쌍도를 휘둘렀다.

카캉!

창을 멋지게 쳐내는 데 성공. 그 뒤에 다시 180도 턴하며 도주를 계속했다.

하지만 서문엽의 목적도 킬이 아니었다. 창을 막기 위해 나단이 잠시 뒤돈 사이에 거리가 더욱 좁혀진 것이었다.

잠시 멈칫했다가 계속 달리는 나단과 줄곧 달리던 서문엽은 가속도에서 차이가 났다.

거리는 점점 가까워졌다.

'크윽, 지금이다!'

팟!

나단은 분신을 해제했다.

"분신 해제했다!"

서문엽은 뒤쫓던 나단이 사라지자마자 달리던 방향을 꺾으며 소리쳤다.

나단이 그렇게 나오리라는 것쯤은 서문엽도 눈치채고 있던 것이다.

"피에트로, 공간 이동으로 가로막아."

―알았다.

짧은 대답과 함께 느긋하게 움직이던 피에트로가 본격적으로 움직였다.

*   *   *

파앗!

피에트로가 나단의 앞을 가로막았다.

나단은 이를 악물었다.

가장 큰 난관이 나타났다.

함께 도주하던 2명의 프랑스 선수들도 긴장했다.

나단은 2명에게 말했다.

"양쪽으로 갈라져! 난 정면으로 부딪칠 거니까!"

나단은 쌍도를 꼬나 쥐고 피에트로에게 똑바로 달려들었다.

정말 싸울 기세였다. 그렇게 이목을 집중시켜서 동료들을 무사히 도망시킬 생각이었던 것.

그 의도는 성공이었다. 피에트로는 나단만 노리고 있었기 때문에 양옆으로 빠져나가는 2명은 그냥 보내주었다.

하지만 나단과 거리가 좁혀지자, 어림없다는 듯 마법진을 하나씩 만들어 가로막았다.

파앗! 팟!

정면에 불쑥 마법진이 나타나자, 나단은 경이로운 반응 속도를 보여주었다. 재빨리 몸을 틀어 아슬아슬하게 마법진 옆을 비켜난 것.

연이어 나타난 마법진도 슬라이딩으로, 아래로 피해 지나갔다.

파파팟!

이윽고 3개의 마법진이 겹쳐져서 큰 장벽처럼 가로막았다.

이를 악문 나단은 공중으로 힘껏 점프했다.

그 순간, 머리 위에도 마법진 하나가 나타났다.

부딪치는 순간.

휘릭!

공중제비를 돌아 두 발로 마법진을 디뎠다.

오른쪽으로 쏘아진 나단은 벽을 지면처럼 달리며 모든 마법진을 통과하는 데 성공했다.

경기장에 쩌렁쩌렁한 함성이 울려 퍼졌다. 나단이 정말 처절하리만치 목숨 건 곡예를 펼치고 있었기 때문이다.

나단과 피에트로의 거리가 가까워졌다.

쌍도가 금방이라도 피에트로를 베어버릴 찰나였다.

팟!

피에트로는 마법진 하나를 더 꺼내 방패처럼 왼손에 쥐고 나단의 공격을 막았다.

카캉!

두 사람이 충돌했다.

나단은 좌우로 상체 페인팅을 펼치며 피에트로를 흔들어보려 했다.

피에트로는 꿈쩍도 하지 않았다.

이렇게 코앞에서 마주 보니 같은 인간이 맞나 싶은 묘한 이질감이 들었다. 감정이 아예 없는 기계와 마주한 듯한 이질감에 나단은 오싹함을 느꼈다.

'싸우는 게 목적이 아니니까.'

나단은 즉각 옆으로 크게 우회해서 피에트로를 지나쳤다.

재난은 끝나지 않았다. 마법진에서 소환된 영령들이 일제히 나단을 뒤쫓았다.

"으아아!"

나단은 쌍도를 마구 휘두르며 영령들을 하나둘 베어나갔다. 그 와중에 연속 앞 점프로 나단을 추월한 이나연이 화살을 마구 쐈다.

"어림없다!"

나단의 쌍도는 영령이든 화살이든 가리지 않고 벴다.

파앗!

백하연까지 순간 이동을 펼치며 나타났다. 그야말로 산 너머 산.

촤라락!

채찍이 뱀처럼 날아왔다.

카카카캉!

나단의 쌍도법은 절정에 이르렀다.

채찍에 휘감기지 않도록 정확히 채찍 끝부분을 후려쳐 막아내는 수법이 연속으로 펼쳐졌다.

처절하게 저항하느라 그렇지 않아도 절반 이하로 줄어든 나단의 오러양은 점점 소모되고 있었다. 하지만 그렇게 신들린 솜씨를 펼치며 달아난 덕에 목숨을 건졌다.

허겁지겁 달려오던 프랑스 선수들이 나단을 구출한 것이다.

"후퇴!"

백하연이 후퇴를 결정했다.

이쪽은 다들 사냥 포인트를 많이 얻었고 피에트로도 있지만, 프랑스 선수들도 안정적으로 사냥에 집중한 덕에 쌩쌩했다. 서문엽 없이 싸울 수는 없었다.

'삼촌이 없으면 나단을 어찌 못하겠어.'

나단이 방금 보여준 신위에 백하연은 압도되었다.

1세트에서 서문엽이 박살 낸 덕에 용기 백배였는데, 방금 싸워보니 기가 질릴 정도의 실력이었다. 괜히 톱3로 명성을 얻은 게 아니었다.

　프랑스도 나단을 구출했으니 더 싸우려 하지 않고 물러났다.

　그렇게 폭풍 같던 2세트 초반의 격전은 마무리되나 싶었다.

　─일단 그냥 보내줘.

　서문엽이 말했다.

　이곳으로 달려오고 있는 서문엽은 조승호의 시야 전달로 상황을 지켜보고 있었다.

　─물러나는 척하면서 놈들 시야 밖으로 나오면 우회해. 7구역에서 한 타 싸움 벌일 거야.

　일단 물러나 소강상태인 척하다가 서문엽이 합류하면 곧바로 한 타 싸움을 걸겠다는 뜻이었다. 서문엽은 경기를 길게 끌 생각이 없었다.

『초인의 게임』 11권에 계속…